LLEGARÁ LA OSCURIDAD

LLEGARÁ LA OSCURIDAD

LORENA FRANCO

Los hechos y/o personajes de este libro son ficticios. Cualquier parecido con la realidad es coincidencia.

Diseño de cubierta: J. Brescó
Imágenes cubierta:
©ysbrandcosijn @kseniya Ivashkevich @Mimadeo/ IstockPhoto

Primera edición: Abril, 2024
ISBN: 979-8866017300

También disponible en audiolibro.
Una producción de **Audible Studios**.

A los que nos dejaron sin querer dejarnos.
Y a los que les lloran.

Nunca nadie ha medido, ni siquiera los poetas,
cuánto puede resistir un corazón.

ZELDA FITZGERALD

Siempre acabamos llegando a donde nos esperan.

El viaje del elefante, JOSÉ SARAMAGO

NOTA DE LA AUTORA

Llegará la oscuridad es una novela corta independiente a *El escondite de Greta* que, en 2022, fue Finalista en el Premio Literario Amazon Storyteller y que me hizo amar el pueblo costero de Redes y a algunos de sus habitantes inventados. No es una segunda parte, ya que sus tramas son distintas y no están conectadas. Sí las une su ambientación en Redes, A Coruña, por lo que volveremos a encontrarnos, y esta vez con más protagonismo, con algunos de sus personajes: Celso, el librero de la librería ficticia de Redes, y, especialmente, con Yago, el policía examante de Greta, un personaje algo antipático en la anterior novela que, en mi opinión, merecía una segunda oportunidad. Por estos reencuentros y por el hecho de que la trama sea cuatro años posterior a la historia de Greta, Diego y Leo, hay algún spoiler de *El escondite de Greta*, así que, aunque no es imprescindible para seguir el hilo de esta historia, sí es recomendable haberla leído antes.

LLEGARÁ LA OSCURIDAD

El color que vemos en la oscuridad tiene nombre: *Eigengrau*, un término alemán que puede traducirse como gris o gris intrínseco. Es el resultado de la confusión del sistema visual cuando está oscuro. Pero, en ocasiones, ese gris con el que identificamos la oscuridad se mezcla con un color más llamativo, uno que nunca pasa desapercibido: el rojo escarlata.

Y así fue como llegó la oscuridad:

La luna, oculta entre las nubes, apenas dejaba escapar sus destellos pálidos sobre la carretera que serpenteaba a través de los bucólicos paisajes del norte envueltos en bruma. La calma nocturna era interrumpida únicamente por el susurro del viento entre los árboles y el rumor de un río próximo. Nada hacía presagiar que la calma estaba a punto de romperse, cuando una moto de gran cilindrada rugió al adentrarse en una curva pronunciada, ni que el destino del motorista quedaría entrelazado para siempre con el de cuatro jóvenes que, llevados por la adrenalina y la velocidad, las risas y las ganas de fiesta, invadieron el carril contrario en un momento de distracción. Cuando los ocupantes del coche divisaron la moto que se acercaba a ellos a gran velocidad, ya era tarde.

Lo hemos escuchado tantas veces…: Fue un segundo de despiste, ¡solo uno! Pero es que no hace falta más, el tiempo es lo de menos. Basta un segundo que se eterniza en el recuerdo para que la vida que conocías cambie. O se evapore. Así, sin más, casi siempre sin avisar, por cruzarte con quien no debías en un mal momento de *despiste*.

Así que, antes de que el conductor del coche pudiera reaccionar y volver al carril correcto, un estruendo ensordecedor resonó en la noche enmudeciendo los sonidos del bosque. El vehículo, uno de esos modernos que aparcan solos y tienen cámaras por todas partes, no evitó que el conductor cruzara las líneas blancas, porque estaban en mal estado, demasiado difusas para que su sistema inteligente las detectara, pero sí frenó. El coche frenó solo, y lo hizo con tanta fuerza que, pese a los cinturones de seguridad, el cuerpo del conductor y el de los acompañantes se impulsaron violentamente hacia delante, mientras la moto salió volando por los aires. Los metalizados chillidos del impacto no tardaron en perforar la calma del recóndito paraje.

Dos minutos después que parecieron dos vidas, varios gemidos y lamentos entremezclados empezaron a llenar el aire en el interior del coche. Los tres jóvenes salieron aturdidos y con miedo, con dolor en la espalda, en las costillas, en el cuello, en las sienes, en los ojos. El conductor, el menos perjudicado en la colisión, no fue capaz de reaccionar ni de moverse, pero los otros tres se tambalearon en busca del motorista con el que, a pesar de la confusión, estaban seguros de haber chocado. Así lo indicaba el capó abollado del coche, que había corrido mejor suerte que el guardarraíl. Con cuidado y un poco de vértigo, se asomaron al borde de la carretera. Sin embargo, estaba muy oscuro. Los chicos no fueron capaces de vislumbrar el cuerpo del motorista despedazado entre la maleza, la cabeza oculta en el casco con la visera levantada, los ojos abiertos y acuosos ya sin vida, no, no había vida, pero en esa mirada muerta dirigida a las estrellas, aún podía intuirse el *shock* de sus últimos instantes, de ese *insignificante* segundo que es capaz de hacerte desaparecer de un plumazo, y el gesto dolorosamente amargo de quien deja por sorpresa este mundo sin querer dejarlo.

CAPÍTULO 1

La vida a su lado es perfecta. O lo fue. No pasan por su mejor momento. Llevan meses distantes, pero todo se arreglará, piensa Zoe esperanzada, apoyando la cabeza en la espalda de Mario, en el momento en que cruzan el cartel que da la bienvenida a Redes, un pueblo costero a cuarenta minutos de A Coruña, ciudad en la que residen y de la que necesitan alejarse unos días. Cuánto le alegró a Zoe, después de meses encerrada en el apartamento sin contacto con el mundo exterior, la propuesta de Mario. En ese momento, después de lo que a ella le ha parecido una eternidad, se mostró dulce y amable (como en *los viejos tiempos*):

—Redes. Estuve una vez, de niño. Es un pueblo tranquilo... Podríamos ir unos días para desconectar, ¿no? Así sales un poco de casa, te despejas... He visto una casa en Airbnb que alquilan por semanas, puedo hacer la reserva ahora mismo.

La rutina nos mantiene cuerdos, pero todo el mundo

sabe que, a veces, es necesario tomarse un respiro. Cambiar de aires. Dar la bienvenida a lo desconocido.

Mario aparca la moto en el camino de acceso de la casa que han alquilado una semana. Es solitaria y está un poco alejada del centro del pueblo, justo lo que necesitan: tranquilidad y privacidad. Tiene vistas al mar, cuyo límite se funde con el cielo, y su construcción sencilla, que consiste en dos módulos prefabricados revestidos de piedra, es reciente tras el incendio que asoló la anterior edificación cuatro años atrás, en noviembre de 2018.

—¿Cómo te dije que se llamaba el hombre que se encarga de alquilar la casa? —pregunta Zoe, distraída, con el móvil en la mano.

—Celso —resuelve Mario, esquivo, mirando a su alrededor con curiosidad. Hay parajes que parecen querer contarte historias. Este es uno de ellos, aunque hay historias que, pese al aprendizaje que perpetúan, es mejor lanzar al olvido.

Zoe guardó el número de contacto en la agenda como «Casero de El escondite de Greta», que así es como se llama la casa, sin saber que Celso, el librero de Redes, solo le hace el favor a su amiga Greta Leister de estar pendiente de los huéspedes que se alojan por semanas en la propiedad. Hace años que Greta no pisa Redes.

Zoe llama y Celso contesta al segundo tono. Es un hombre mayor, tranquilo y risueño. De fondo, suena una canción, parece antigua, pero Zoe no identifica cuál es.

—¿Dígame?

—Buenos días, Celso, soy Zoe Cortés. He alquilado esta semana la casa y me preguntaba si tiene pensado venir o...

—Oh, hola, Zoe, bienvenida. No especificamos la hora, ¿verdad? De todas formas, anoche dejé dos llaves debajo de la maceta que hay en la entrada. La del lado izquierdo. ¿Puedes comprobarlo? Así me quedo tranquilo.

Zoe se acerca a la maceta, demasiado pesada para levantarla con una sola mano. Busca a Mario para que la ayude, pero ha desaparecido de su vista. ¿Dónde se ha metido?

—Un momento, necesito las dos manos para levantar la maceta.

—Pesa lo suyo, sí —ríe el librero.

Zoe deja el móvil en el felpudo y levanta el tiesto con cuidado de que no vuelque. Efectivamente, encuentra dos llaves. Se guarda una en el bolsillo y vuelve a llevarse el móvil a la oreja.

—Ya las tengo.

—Bien. No creo que pueda pasarme hoy, pero para cualquier cosa, tienes mi número. Puedes encontrarme en la única librería que hay en Redes, en la rúa Nova. No tiene pérdida. Vas hasta la praza do Pedregal, ahí verás la Casa Do Concello, que es muy vistosa porque está pintada de azul, y te desvías por la callecita que le sigue. Aquí estoy yo —le indica.

—Estupendo. Pues más tarde me paso. Me encantan las librerías —le dice Zoe, feliz.

—Esta es muy especial. Tenemos hasta club de lectura los jueves a las siete de la tarde. Bueno, no te entretengo más, que estarás cansada del viaje. Hasta luego, Zoe.

—Gracias, Celso.

«Qué hombre más majo», piensa Zoe, saliendo del porche en busca de Mario.

—¿Mario? —lo llama, pero no obtiene respuesta. Se ha debido de llevar hasta el casco, en el sillín de la moto solo está el suyo—. ¿Mario, dónde te has metido?

Zoe rodea la casa y encuentra a Mario de espaldas cerca de un cobertizo, con la vista clavada en el mar. Silenciosa, se acerca a él y lo abraza por la espalda en un intento de encontrar el romanticismo perdido. Pero Mario ni se inmuta. En otros tiempos, él se habría girado y le habría dedicado una de esas sonrisas de medio lado que tan irresistible lo hacían a ojos de ella. Habría enmarcado su cara con las manos y la habría besado hasta que les faltara el aire. Pero el Mario que ahora permanece quieto y tenso, con los puños apretados como si hubiera criado raíces en la tierra, no parece el mismo del que se enamoró locamente a los diecisiete años.

—Ya tengo las llaves —murmura Zoe con un deje de amargura, soltando a Mario y retrocediendo un par de pasos. Nunca antes se había sentido tan sola aun teniendo a Mario a su lado. Nunca.

—Pues vamos.

Zoe se queda un rato parada observando a Mario alejarse con pasos seguros y aire chulesco. ¿Desde cuándo camina así, como si el mundo le perteneciera? Querría gritarle hasta que confesara la verdad, una verdad que ella no está preparada para soportar. No lo estará nunca. Y preguntarle, por enésima vez, qué puede hacer para que deje de estar tan distante con ella. No puede volver al pasado. No puede deshacer lo que ocurrió. Y, pese a todo, Zoe no entiende cómo Mario puede haber cambiado tanto, cuando tendría que haber sido su mayor apoyo. A lo mejor la ha dejado de querer. Porque las pocas veces que la mira, da la sensación de que le importa menos que un mueble.

«Hay otra —elucubra Zoe con angustia, sin atreverse a expresarlo en voz alta ni delante de él, con la ingenua intención de retenerlo a su lado, aunque la distancia entre ambos sea cada vez más abismal—. Tiene que ser eso. Hay otra y no sabe cómo decírmelo».

CAPÍTULO 2

Yago Blanco, Policía Local en Redes, visita con frecuencia el cementerio Cruceiro de Caamouco como años atrás lo hacía Greta Leister, la única mujer a la que ha querido. Greta visitaba la famosa tumba de Leo Artes, que ahí sigue, amontonando obsequios de sus fans sin que haya nadie que los retire. Hasta hay una guitarra que con la humedad y la lluvia se ha estropeado, qué pena, qué desperdicio. Quienes más le importaron a Yago están aquí, descomponiéndose en sus tumbas, y él lleva tiempo sabiendo lo que es el peso de la soledad. Los años lo han cambiado. Lo han hecho más humano, menos arrogante, algo que muchos de sus vecinos aprecian, intentando mitigar la tristeza del policía cada vez que se lo encuentran por las calles del pueblo. Quién iba a decirle a Celso que Yago terminaría siendo uno de sus clientes más habituales hasta el punto de unirse al club de lectura octogenario, y serían tan amigos. Casi como padre e hijo.

Yago inspira hondo, dispuesto a realizar el ritual de siempre. Retira las flores marchitas de la tumba de Elsa, su melliza, cuyo cuerpo escupió el mar dos semanas después de que la engullera. Seguidamente, hace lo mismo en la tumba de su madre, fallecida hace ocho meses tras años batallando contra la enfermedad del olvido, colocando unas margaritas radiantes, su flor preferida en vida. Yago nunca les habla. No en voz alta. Fija la mirada en las lápidas, preguntándose si habrá algo más «después de...», y, cabizbajo, se aleja de ellas. Pero hoy ocurre algo distinto que rompe su rutina por completo. Cuando gira la cabeza, en lugar de encontrarse con el vacío que impera en el cementerio, vislumbra a una chica joven de veintitantos años que destaca no por guapa, sino por su pelo rosa recogido en un moño alto y deshecho. Es muy menuda, y a Yago le llama la atención el mono negro de motorista con el que cubre su cuerpo atlético. De su brazo izquierdo cuelga un casco y mira la tumba de Leo Artes no con admiración, sino con fastidio. Eso a Yago le hace gracia. Leo, su eterno enemigo, no es más que polvo. Ya no le puede arrebatar nada más. Yago evita a las admiradoras que visitan la tumba de Leo, pero la chica del pelo rosa desprende algo distinto que lo ha atraído sin remedio.

—Hola —la saluda.

Ella clava la mirada en Yago. Entrecierra los ojos, unos ojos grandes de color miel con motitas verdes. Si a él le ha llamado la atención su vestimenta de motorista y el pelo rosa, algo poco habitual en Redes, a ella parece hacerle gracia que el tipo que la ha saludado vista uniforme policial.

—Hola.

—No eres de aquí, ¿no? —se interesa Yago, con la intención de alargar un poco más el encuentro. La chica niega con la cabeza—. Soy Yago —se presenta, extendiendo la mano que ella estrecha con fuerza.

—Zoe.

—Zoe —repite Yago con una sonrisa, soltando su mano—. ¿Eres admiradora de Leo Artes?

—¿De quién?

Yago señala la tumba de Leo.

—Leo, el cantante. Un tipo que, en mi opinión, no merecía ningún tipo de admiración. Lo conocí desde niño, ¿sabes? Y...

—Ah, ya. No, qué va, en realidad estaba pensando en robar la guitarra —interrumpe Zoe—. Es una pena que se pudra aquí, ¿quién la ha dejado? Hay un montón de cosas, hasta bragas. No lo entiendo.

Yago se echa a reír.

—Pero eres poli. No puedo robar una guitarra en un cementerio delante de un poli, me has jodido el plan —añade seria, tan seria que a Yago le hace dudar.

«¿Está de broma o lo dice en serio?», se pregunta el policía, mirándola con curiosidad.

—Si no le temes a las maldiciones... por mí puedes llevártela. Haré la vista gorda.

—¿Maldiciones?

—Estoy de broma.

—Yo también —ríe Zoe. Al fin. Tiene una sonrisa bonita. Imperfecta, observa Yago, dientes blancos, un poco torcidos, pero atrayente como toda ella—. El caso es que he salido a dar una vuelta con la moto. Mi intención era ir al centro, a la librería de un tal... ¿Celso? Me he perdido y he acabado aquí.

—Ah, Celso. Sígueme con la moto y te acerco.

—Eso sería genial.

—¿Conoces a Celso?

—Me alojo en El escondite de Greta. Es el casero —contesta, como si Yago lo desconociera.

Yago comprime los labios y se queda mudo, como siempre le ocurre cuando alguien menciona esa casa. Cuánta historia la de ese alojamiento. ¿En qué momento se le ocurrió a Greta volver a levantar una casa en ese terreno maldito, después de haberle prendido fuego en la que fue la peor noche de la vida de Yago, y alquilarla por semanas en Airbnb?

—Celso no es el casero. Solo ayuda a... a una amiga.

—¿A Greta? ¿De ahí viene el nombre de la casa?

—Eh... sí. Sí, Greta.

Nombrarla sigue doliendo. Un golpe seco en pleno plexo solar.

—Bueno... ¿vamos?

Ahora es Zoe la que permanece en silencio, dirigiendo la mirada tras la espalda de Yago. Está siguiendo la trayectoria que ha realizado él para llegar hasta ella.

—¿A quién has venido a visitar?

—A mi madre. Y a mi hermana.

Zoe chasquea la lengua contra el paladar.

—Lo siento.

—Cosas que pasan —intenta restarle importancia Yago, pero Zoe parece estar atravesándolo con la mirada.

—Los ojos son el espejo del alma. Y tu alma está triste, policía.

«¿Pero quién eres y de dónde has salido?».

—La vida a veces se hace un poco cuesta arriba, motera.

CAPÍTULO 3

A Zoe se le ha pasado un poco el enfado con Mario. Ella quería salir, conocer Redes, dar una vuelta por el pueblo, tomar algo, quizá ir a comer... Le da igual el plan, solo quiere estar con él. Pero Mario no parece estar por la labor. Ha ido al cuarto de baño a desprenderse del incómodo mono de motorista, se ha acomodado en el sofá con cara de pocos amigos, y se ha negado a salir con ella.

—No me apetece nada. Prefiero quedarme.

«Solo. Sin ti. Me estorbas», le ha faltado decir, porque, a sus palabras, se le ha sumado el feo gesto de girarle la cara, esquivando su mirada.

—¿Vivimos del aire o qué? —le ha reprochado ella—. Al menos acompáñame a un supermercado, no hay nada para comer.

—Ve tú. Busca en Google, a ver cuál te queda más cerca.

—¡Nos queda más cerca! ¡Nos! Cuando me dijiste que deberíamos tomarnos una semana de descanso y venir a este pueblo, pensaba que era para estar juntos y tranquilos... Cambiar de ambiente. Salir, desconectar... ¿Y ahora esto? ¿Tú por tu lado y yo por el mío? ¿Tú aquí y a mí que me den? Joder, Mario, ¿qué te pasa? ¡Estoy harta! ¡Harta de que me desprecies así!

Mario se ha limitado a encogerse de hombros, a volver su cara hacia ella y a mirarla con el desprecio de siempre. No, de siempre no, de estos últimos meses con más sombras que luz.

«Va a ser siempre así, ¿no? Da igual dónde estemos. Da igual los planes que hagamos. No vas a volver a ser el mismo», se ha mordido la lengua Zoe, reprimiendo las ganas de llorar.

Ha sido entonces cuando ha salido de El escondite dando un portazo. Se ha subido a la moto llena de rabia, aun sabiendo que rabia y conducción nunca es buena combinación. Sin rumbo y a excesiva velocidad por los caminos de tierra flanqueados por bosques con olor a mar, Zoe ha terminado en el cementerio y se ha topado con Yago, un tío fuerte, guapo. Nada más verlo, algo la ha sacudido. No, no ha sido el uniforme de policía. Ni siquiera su imponente físico. Han sido sus ojos... la manera en la que la ha mirado, como si volviera a ser interesante para alguien. Y la cadencia de su voz y el aire atormentado que lo envuelve.

Zoe estaciona la moto al lado del coche patrulla del que Yago sale.

—Esta es la praza do Pedregal —le dice Yago, mientras ella se quita el casco con habilidad—. Y por esa calle —señala— se llega a la librería de Celso. Tiene mucho encanto, la verdad.

—¿La visitas con frecuencia? —se interesa Zoe, observando el ambiente que se respira en la plaza. Esto en verano debe de llenarse, supone muy acertadamente. Hay un par de bares con terrazas en las que hoy apenas hay gente tomando el vermú de media mañana.

—Sí. Yo antes no leía nada, pero… a ver, no te voy a contar mi vida, pero la librería de Celso ha terminado siendo un refugio para mí. Cada jueves tenemos la reunión del club de lectura y soy el más joven del grupo, con eso te lo digo todo.

La sonrisa de Zoe se ensancha.

—Me encanta leer. ¿Cuál ha sido el último libro que habéis leído en el club?

—Eh… en la última lectura no he participado.

—¿Y eso?

Yago se lleva la mano a la nuca, se rasca con fuerza. Contesta achinando los ojos, le molesta el sol, que le da de lleno en la cara, aunque su gesto también podría proceder de una repentina timidez:

—Demasiado personal.

Zoe no entiende por qué, pero no indaga más al

respecto. Se acaban de conocer, y, aunque le inspira confianza, no es nadie para meterse en asuntos que no le conciernen.

—¿Me acompañas a la librería, policía?

Yago mira la hora en el móvil. Debería regresar al cuartel, pero, y no tiene ni idea de por qué, no le apetece separarse de la chica del pelo rosa.

—Vamos, motera —sonríe Yago, emprendiendo el breve camino que los separa de la librería—. Por cierto, ¿de dónde eres?

—De A Coruña.

—Y has venido sola o…

Yago no termina de formular la pregunta, porque se encuentran a Celso de frente reponiendo el escaparate de la librería que parece un altar dedicado a Diego Quirón, autor de la exitosa novela *El escondite de Greta*, último libro que han leído los del club de lectura (menos Yago). El título llama la atención de Zoe enseguida.

—Anda, como la casa en la que me alojo. —Mira a Yago, mustio de repente, y la imaginación de Zoe se desata—. ¿Esta es la lectura en la que no has querido participar, policía?

—¡Yago! Qué bien acompañado te veo.

—Tú debes de ser Celso —saluda Zoe animada—. Soy Zoe, hemos hablado hace una hora.

—Nuestra huésped. Encantado, Zoe. Pasa, pasa, estaba reponiendo los libros de Diego, que están volando de la librería... ¿Conoces al autor Diego Quirón?

Yago pone los ojos en blanco, tuerce el gesto.

—Sí, me suena, pero aún no he leído nada de él.

—Pues yo te regalo un ejemplar. Entra, entra. Yago, no te quedes en la puerta.

En el interior de la librería, como siempre desde que la mujer de Celso falleció, suena en bucle la canción *Frente a frente*, de Jeanette. Hay cosas que nunca cambian.

—¿Por dónde andan ahora? —pregunta Yago sin ganas, aunque con interés, sin que Zoe entienda a quienes se refiere.

—En París. Han alquilado una buhardilla de esas bohemias en Montmartre, aunque no se quedarán mucho tiempo. Se les ha metido entre ceja y ceja ir a la Toscana. Ya me dirás qué tiene la Toscana que no tenga Redes.

—Mmmm... pues qué bien —farfulla Yago, distanciándose de Zoe y de Celso para ver las novedades policiacas que han llegado a las estanterías.

—Ni caso, Zoe. Yago tiene una historia personal con Diego y Greta. Verás, Yago y Greta...

—¡Celso, *carallo*!

—Vale. *Mellor calo*.

—¿Me lo contarás? —susurra Zoe, divertida, y Celso asiente componiendo un gesto travieso, al tiempo que coge un ejemplar de *El escondite de Greta*. Se lo tiende a Zoe, que lo primero que hace es echarle un ojo a la foto en blanco y negro del autor que destaca en la contracubierta, asintiendo complacida.

—Qué guapo.

—Y muy buen rapaz.

—Se le ve buena gente. Pues muchísimas gracias por regalarme el libro. Empezaré a leerlo hoy mismo.

—Sale Yago —le advierte Celso en un murmullo.

—O sea, que está basada en hechos reales… —cae en la cuenta Zoe, mostrando todavía más interés y mirando con el rabillo del ojo a Yago, ajeno a la conversación entre el librero y ella.

—Más o menos.

—Celso, me llevo este —interviene Yago con seriedad.

—Samuel Bjørk. Pues sí que te ha dado fuerte con los *thrillers* noruegos, *fillo*, es el quinto que te llevas en dos meses. Por cierto, ¿qué moto tienes, Zoe? —pregunta Celso mientras le cobra el libro a Yago.

—Una Aprilia Shiver 900.

—Ahhh… De las grandes.

—¿Desde cuándo entiendes de motos, Celso?

—Yago, qué poco sabes de mí. De mozo me encantaban las motos y sigo teniendo esa afición, pero uno ya tiene una edad y no me veo subiéndome a una fiera de esas.

—Son un peligro —añade Yago frunciendo el ceño. Zoe lo mira de arriba abajo pensando que un traje de motorista le quedaría genial, y a Celso, que es muy pillo, no le pasa desapercibida esa miradita.

—Deduzco que has presenciado algún que otro accidente —suelta Zoe.

—Unos cuantos. Y no son agradables. Así que no corras, motera.

Celso, en silencio, observa a la pareja sin perder detalle de sus miradas, de sus gestos, de cómo se hablan. No puede evitar sonreír. Le da la sensación de estar viviendo un *déjà vu*, y en el mismo escenario que antaño. Porque en ellos ve lo mismo que vio en Diego y Greta, y nada le haría más feliz al librero que Yago volviera a brillar. A ser el de antes. Pero con la bondad y la humildad que rezuma ahora, dejando atrás al capullo que fue.

CAPÍTULO 4

—Eh... Bueno, pues debería volver al cuartel —dice Yago, con la mirada dirigida al suelo, en un intento de despedida.

—Claro, ya te he entretenido mucho. Gracias por traerme hasta la librería.

—¿Sabrás llegar a casa?

—¿Para qué sirve esto? —inquiere Zoe levantando el móvil.

—Ya... Vale. Pues me voy. Ten cuidado con esa... ¿cómo la ha llamado Celso?

—Fiera —ríe Zoe.

—Eso. Fiera.

—Tendré cuidado, policía.

—Hasta... ¿Hasta cuándo te quedas? —titubea Yago.

—Hasta el lunes que viene.

—Querrás... no sé, ¿ir a tomar algo algún día? ¿A cenar? —propone Yago, con una timidez que no es habitual en él.

Zoe no contesta al momento. Su pensamiento lo invade Mario, su pareja desde hace diez años. Diez. Se dice pronto. Pero entonces, visualiza su mirada distante e indiferente de estos últimos meses. Su desprecio, ese desprecio que duele como si le clavaran un puñal. Ingenuamente, Zoe pensaba que, por cambiar de aires durante unos días, recuperarían lo que tuvieron, lo que fueron, pero no tiene dudas de que Mario la está engañando con otra, y seguirá haciéndolo por muchas escapadas que planeen. A menudo siente que el corazón se le puede partir en dos si dejan la relación. Pero ¿por qué negarse a la propuesta del policía? Seguro que a Mario no le importa. Hasta puede que para él sea un alivio que ella salga con otro.

—Sí, me gustaría —contesta al fin—. Déjame tu móvil.

Yago le tiende el móvil. Zoe escribe su número y lo guarda en la agenda del policía como «La chica del pelo rosa».

—Llámame. O escríbeme un wasap. Y nos vemos.

—Genial. Pues… Ahora sí, me voy.

Zoe asiente y no aparta la mirada de Yago hasta que se aleja de la plaza con el coche patrulla. Seguidamente, sin saber muy bien qué hacer y echando de menos la compañía del policía, aun tratándose todavía de un completo desconocido, da una vuelta por la plaza. Se acerca al mirador y deja que la brisa marina le acaricie la cara mientras observa las barcas, el mar, las montañas salpicadas de casas a lo lejos. Al poco rato, el estómago le ruge de hambre, así que se acomoda a una de las mesas de la terraza de A Pousada do Mariñeiro, desde donde tiene unas vistas privilegiadas a la playa, y pide una cerveza sin alcohol y una tapa de pulpo a feira.

Distraída, mira la pantalla del móvil como si fuera su peor enemigo. Cero notificaciones, Zoe no usa redes sociales. Mario no se ha dignado ni a enviarle un wasap para saber dónde está. Va a la galería de fotos con la necesidad de reencontrarse con el pasado, mucho más amable que el presente que le ha tocado vivir. La última foto que se hizo con Mario fue a principios de febrero. Parece mentira que lleve tanto tiempo sin ver esa sonrisa… En la foto ríen, son felices, posan divertidos y abrazados en el parque de San Diego. Les gustaba inmortalizar momentos simples, sencillos, los más valiosos. Estar juntos era lo más importante, no necesitaban nada más. Y ahora… A veces, a Zoe le da la sensación de que es un extraño. Un extraño con un terrible secreto. Es imposible que el hombre con el que está sea el mismo que conoció. Y no sabe por qué.

Por qué. Por qué. Por qué.

La palabra se le atraganta. Ducle, joder. Duele. Y ese dolor suele venir, casi siempre, en forma de dolor de cabeza. Se presiona la sien en el punto justo en el que un

36

pinchazo la atraviesa.

Y busca en la agenda. AA MARIO. Es el primer contacto que le sale. Así es como Mario también la tiene a ella en su móvil, AA ZOE, como abreviación de *Avisar a*, por si ocurre cualquier desgracia, el destino no lo quiera.

Pulsa el botón de llamada con las pulsaciones a mil, y se lleva el móvil a la oreja.

El número marcado no existe.

CAPÍTULO 5

Celso baja la persiana con satisfacción.

—Hala, hasta la tarde.

No han entrado muchos clientes, pero los que sí, han salido con un libro bajo el brazo. Además, el escaparate con Diego Quirón como protagonista lo llena de orgullo. Ayer le mandó una foto. Mira qué bonito me ha quedado, cómo luce el libro, le escribió el librero. Diego le mandó un audio con prisas, ya que la promoción está siendo intensa, le dio las gracias repetidas veces, y hasta publicó la foto en su Instagram, con más de sesenta mil seguidores, haciéndole publicidad, que nunca viene mal.

Celso decide ir a comer a A Pousada. No suele comer fuera de casa, la librería no da para lujos, pero hoy hace una excepción. Tampoco quiere ser el más rico del cementerio, a pesar de cumplir a rajatabla con el dicho: Si tienes tres pesetas, gástate una y guarda dos. Pero no le apetece cocinar y el menú del día no lo va a arruinar. La edad no perdona. Cada vez se siente con menos energía. Y entonces, la ve. A la chica del pelo rosa. Zoe. La huésped de El escondite de Greta. Celso se detiene. Tan risueña que se ha mostrado en compañía de Yago, a quien acaba de conocer pero a Celso le ha dado la sensación de que se conocían de toda la vida, y ahora está aquí sentada sola, con la cabeza enterrada entre las manos.

—Zoe. Hola, Zoe —la saluda, acercándose con tiento a la mesa—. *Todo ben?*

—Celso. —Zoe le devuelve la mirada con la vista nublada por las lágrimas, como si acabara de despertarse desorientada—. Sí, bien… Bien. —Está claro que Zoe no está bien, que algo grave le pasa, pero Celso, respetuoso, no dice nada al respecto—. Eh… ¿Quieres sentarte conmigo?

—Será un placer.

Cuando el camarero le trae a Celso una generosa ración de caldo gallego, primer plato del menú del día, Zoe empieza a picotear de su ración de pulpo a feira. No saben muy bien qué decirse. Es Zoe quien rompe el hielo:

—Así que Yago conocía a Greta y a Diego —empieza a decir Zoe, señalando el libro de Diego que tiene encima de la mesa.

—¿Sabes quién era Leo Artes?

—Sí, pero no era muy seguidora de su música. Por lo visto, hoy he estado frente a su tumba. Hay una guitarra preciosa pudriéndose encima de la lápida…

—Las fans, que le dejan regalos. Pronto no se verá ni el nombre de Leo en la lápida, se van amontonando. Greta era su mujer. Una pintora excepcional. Y Leo era... un tipo extraño. Padecía una enfermedad mental muy jodida y muy rara. Personalidad múltiple. Cuando murió, Greta quedó destrozada, imagínate. —Se detiene para llevarse una cucharada de caldo gallego a la boca que saborea con gusto—. Qué rico. Me recuerda al caldo que hacía mi mujer. En fin... con el tiempo, Greta fue recuperándose y tuvo un lío con Yago, pero ella nunca se enamoró de él, lo suyo era solo físico. Y un día, llegó Diego Quirón para escribir una biografía autorizada sobre Leo, y Greta aceptó. Diego y Greta se gustaron enseguida, aunque lo suyo venía de atrás en el tiempo, coincidencias bonitas que a veces ocurren en la vida, y después... bueno, pasaron muchas cosas. A veces hay que dejar que el pasado descanse. No removerlo... los demonios podrían volver a despertar.

A Zoe, cuya curiosidad solo tiene un nombre, el de Yago, se le pone la piel de gallina.

—Sobre Yago... nos hemos visto en el cementerio. Me ha dicho que su madre y su hermana están ahí. ¿Qué pasó?

—Sí. Yago está muy solo. Era un tipo muy chulito, con aires de grandeza desde que se hizo policía. De joven fue un matón, un macarra. Caía mal a medio pueblo, pero desde que pasó lo que pasó, cambió. Ojalá la vida le depare alguna sorpresa agradable. Se lo merece.

—Es buen tío. A ver, no lo conozco, pero esas cosas se ven. Y dices que caía mal pero que desde que pasó lo que pasó… ¿Qué es eso que pasó?

—Mmmm… mejor lee el libro. Todo está ahí, algo que ha jodido mucho a Yago, claro, por eso no quiere ver el libro ni en pintura, pero qué le va a hacer… Elsa, su hermana… la madre… Es una historia muy triste. Muy triste —sacude la cabeza Celso.

Zoe deja que Celso termine el caldo gallego. Es de mala educación mirar a alguien mientras come, pero es tal el apetito del librero, que da gusto presenciar lo feliz que se siente al llevarse cada cucharada a la boca. Minutos más tarde, los ojos le hacen chiribitas cuando el camarero regresa con el segundo plato: galta de cerdo al horno con patatas fritas.

—Y cuéntame tú —vuelve a la carga Celso, cogiendo cuchillo y tenedor—. ¿Has venido sola a Redes? Sé que sí, la reserva era para una persona, pero…

—¿Para una persona? —se extraña Zoe—. No. La reserva era para dos.

Celso, convencido de que la reserva era para una sola persona a nombre de Zoe Cortés, tuerce el gesto.

—He venido con mi novio. Con Mario —aclara Zoe—. Siempre has hablado conmigo, pero fue él quien hizo la reserva por internet.

«Bueno. Greta estaba con Yago cuando conoció a

Diego, y este tenía un lío en Madrid y al final terminaron juntos, como tenía que ser —rumia Celso, un casamentero nato, que ya piensa en liar a la chica del pelo rosa con el policía, ignorando si la reserva fue hecha para uno o para dos, porque lo mismo da. La casa tiene espacio para seis personas—. Lo que ha de ser, será, a su tiempo y en su momento», sigue dándole vueltas en silencio.

—¿Y dónde está Mario? —se interesa Celso.

—En casa. No ha querido salir.

—¿Y para qué ha venido entonces?

—Eso me gustaría saber a mí… Últimamente… bueno, no estamos bien —confiesa. Es fácil abrirse con alguien como Celso, un hombre mayor, afable y entrañable. Una buena persona que sabe escuchar, que muestra un interés auténtico y sano por los demás.

—¿Cuánto tiempo lleváis juntos?

—Diez años.

—¡¿Diez?! *Carallo*. Hoy en día las parejas no duran tanto.

—Empezamos a salir a los diecisiete. Y hace seis años montamos nuestra propia empresa.

—Anda, qué bien, qué emprendedores sois. ¿De qué?

—Montamos escenarios. Hay mucho curro, sobre todo en verano, en las fiestas… por eso decidimos tomarnos una semana libre ahora en mayo antes de que no tengamos ni un segundo para respirar.

Zoe elude a propósito que lleva meses sin pasarse por

la oficina. Sin atender a los clientes. Sin salir de casa. Que Yago es el primer desconocido en mucho tiempo con el que ha hablado, desde el accidente que lo torció todo y no solo cambió a Mario, también a ella. Sobre todo a ella.

—Imagino… ¿Y cuál es tu libro favorito, Zoe?

—Hay tantos, que no sabría decirte…

El librero se echa a reír.

—¿Pero cuál fue el primero que te marcó?

—Creo que *El guardián entre el centeno*, de Salinger.

Celso asiente complacido. Qué bien le cae esta chica.

—Sí… Salinger. Un tipo peculiar.

—Todo él era un misterio, ¿no te parece? —conviene Zoe, en el momento en que su móvil empieza a sonar y se queda mirando el aparato como si fuera un objeto extraterrestre.

—¿No vas a contestar?

—¿Eh? Ah. Sí, claro… —Zoe contesta la llamada desviando la mirada lejos de Celso—. ¿Sí?

—¿Dónde estás?

—Estoy comiendo en un bar, Mario, podrías venir. En la praza do Pedregal, el restaurante se llama…

—¿Estás sola?

—S-sí… —miente Zoe, mirando con el rabillo del ojo al librero.

—Mira, me da igual dónde estés. Necesito la moto.

—Pero… ¿Para qué?

—Que vengas. Ya.

Mario cuelga la llamada y Celso observa con preocupación a Zoe. Ha palidecido y su mirada se ha vuelto errática, como si tuviera un miedo atroz o no supiera qué paso dar a continuación.

—Era... era Mario. —Zoe traga saliva con fuerza—. Tengo que irme, Celso.

Celso coloca la mano encima de la de Zoe. Está temblando.

—¿Te trata bien? ¿Hay algún problema?

Celso ha alcanzado a escuchar al chico. Su manera de hablarle brusca, dominante, antipática... No le ha gustado. ¿Ves lo que pasa cuando entreabres la puerta del pasado? Que cualquier situación actual te recuerda el infierno que viviste, aunque fuera desde una prudente distancia y no en tu propia piel. Un infierno que no es conveniente volver a visitar.

—Como te he dicho, lo nuestro hace meses que está... no sé, es distinto, Celso, pero tengo la esperanza de que todo se arregle. De que vuelva a ser lo que fue... de que Mario solucione lo que sea que le pase y yo vuelva a ser...

«... la que fui».

—Estoy aquí, ¿de acuerdo? Para lo que necesites, Zoe, de verdad.

—Déjame invitarte, Celso —dice Zoe, levantándose como un resorte sin darle opción a rechazar la invitación, dirigiéndose al interior del bar para pagar la cuenta.

Cuando regresa a la mesa, se despide del librero con la voz quebrada—: Gracias por la compañía. Y por el libro. Gracias...

A Celso lo invade una pena inmensa por la chica. No le quita ojo de encima mientras se coloca el casco, se sube a la moto, y, con un rugido que llena la plaza de la adrenalina que cualquiera siente al conducir una fiera de esas, se aleja calle arriba.

El librero coge su móvil y busca el contacto de Yago.

—Celso, ¿pasa algo?

—Es esa chica del pelo rosa. Zoe.

—¿Qué pasa con ella?

—Algo no va bien. ¿Podrías ir a hacer una visita a la casa? Es para asegurarme de que no...

—Sabes que hace años que no piso esa zona, Celso... —lo interrumpe Yago, tajante—. Es que yo... no puedo ir allí —añade ablandándose.

—Entiendo.

Celso piensa en Elsa, la hermana de Yago. En su horrible final. En lo mucho que le duele a Yago visitar esa zona que considera maldita. Lo comprende, de verdad que sí, pero quizá ya vaya siendo hora de dejar el miedo atrás y otras tantas cosas. Los lugares son solo lugares, son las personas quienes los maldicen, y las personas a las que más ha querido y temido a partes iguales Yago, hace tiempo que crían malvas bajo tierra. Ya no pueden provocar más dolor. A no ser que las invoques. A Celso le gustaría hacerle entender al policía que ya no tiene nada que temer, que siempre hay que intentar mirar hacia adelante.

—¿Pero qué es lo que no va bien? —quiere saber Yago por tratarse de Zoe, a la que no ha podido arrancarse de la cabeza desde que se han despedido en la plaza.

—Déjalo, da igual. Yo entiendo que no puedas ir, es demasiado doloroso para ti. Así que no me sirves de ayuda.

—Celso, *carallo*...

Celso cuelga la llamada con una sonrisilla de satisfacción, dejando a Yago con la palabra en la boca. Sabe que el policía, tras mil dudas y otros mil miedos, no tardará en darse una vuelta por El escondite de Greta, después de cuatro años evitando ese lugar.

CAPÍTULO 6

Zoe ha tardado menos de diez minutos en llegar a casa, pero cuando entra, se encuentra con el vacío.

—¿Mario? —lo llama, al tiempo que se deshace del mono en medio del salón, quedándose en tejanos y camiseta de manga corta—. ¿Mario? —insiste, abriendo todas las puertas que encuentra a su paso.

Mario no está en ninguna de las cuatro habitaciones, tampoco en el cuarto de baño. Seguidamente, Zoe abre la puerta corredera que da al jardín, esperando encontrarlo de espaldas contemplando el mar como ha hecho nada más llegar, pero ni rastro de él por ninguna parte.

¿Para qué tenía tanta urgencia de que llegara a casa con la moto, si al final ha debido de salir andando?

Con impaciencia y la crispación marcada en cada músculo de su cara, devuelve la llamada al número desde el que Mario ha contactado con ella cuando estaba en la terraza de A Pousada con Celso. Esa es otra incógnita que la abruma y que de nuevo le provoca un pinchazo insoportable en la sien. ¿Por qué ella no tiene ese número guardado en la agenda? ¿Por qué el que Zoe tiene guardado como AA MARIO ya no existe? No entiende nada, todo es confuso... Aparentar una normalidad que hace tiempo que no existe, no le sirve para nada, solo para seguir engañándose. Para seguir sufriendo.

El teléfono al que llama está apagado o fuera de cobertura.

—¡Mierda! ¡Joder! —grita Zoe, llena de una rabia que lleva demasiado tiempo consumiéncola. Reprime las ganas que tiene de lanzar el móvil contra la pared. En lugar de eso, lo agarra con tanta fuerza que parece que lo vaya a hacer trizas.

Sintiéndose agotada y triste, sobre todo triste, se tumba en una hamaca estratégicamente colocada en el jardín para que los huéspedes de la casa disfruten de la magia del atardecer frente al mar. Cierra los ojos. Y en sus sueños se desata una lucha frenética por cambiar el pasado.

*

Cuando Yago llega al lugar que se prometió no volver a pisar desde la fatídica noche en la que su hermana perdió la vida, el cielo arde en llamas. Un atardecer precioso en el que el sol resbala por el horizonte, que la llegada de la noche no tardará en disipar.

La llamada de Celso lo ha dejado preocupado. Después de un día tranquilo, ya que en Redes no suele haber grandes dramas, ha salido del cuartel, ha pasado por casa a darse una ducha y a cambiarse de ropa, y se ha subido a su coche, un Seat rojo del año de la polca. Lo estaciona pegado a los muros de piedra que delimitan la propiedad de Greta. El nombre de la casa de huéspedes, El escondite de Greta, luce en una placa rústica hecha de madera que Yago evita mirar, aunque su mano, como por inercia, se aproxima a ella y acaricia con las yemas de los dedos las letras rugosas que conforman el nombre de la pintora. Con la respiración agitada y el corazón latiéndole desbocado contra el esternón como si fuera un bombo, se adentra en el camino de acceso a la casa, tratando de ignorar el temblor que se ha apoderado de sus rodillas.

«Patético, Yago. Eres patético», se fustiga para sus adentros. Qué manía tiene el ser humano de ser tan duro consigo mismo, ¿no? Nuestro propio juicio interno suele ser el más despiadado.

Las luces de la casa están apagadas. Si no fuera por la moto de Zoe y su casco sobresaliendo del manillar, Yago pensaría que no hay nadie en casa. Así que podría irse. Dejar de pensar en ella, olvidar que la ha conocido, hacer caso omiso de la llamada de Celso y de su preocupación por... ¿Por qué estaba preocupado Celso? ¿Por qué le ha pedido que viniera? ¿Qué es lo que puede ir mal con Zoe, una chica aparentemente normal?

—Qué coño hago yo aquí... —murmura, sacudiendo la cabeza y cayendo en la cuenta de que quizá Celso no esté inquieto por nada y su intención sea atraerlo hasta la casa para que la chica del pelo rosa y él...—. No. No, no... —niega, porque así como hace cuatro años se prometió no regresar al territorio que ahora pisa con inseguridad, como si los fantasmas fueran a regresar para arrastrarlo al infierno, también se hizo la promesa de que no volvería a enamorarse. Ha tenido algunos rollos pasajeros, pero no ha vuelto a abrir su corazón después de que Greta lo llenara para luego pisotearlo sin compasión en cuanto Diego irrumpió en su vida.

Rodea la casa como tantas otras veces hizo en el pasado, y cuando piensa que no encontrará a nadie en la propiedad, ve a Zoe tumbada en una hamaca. Lo primero que ve es su pelo rosa, el moño deshecho e imperfecto sobresaliendo del cojín. Se acerca con sigilo, no querría asustarla. Al comprobar que está dormida, con los brazos cruzados sobre su pecho, da media vuelta para largarse, pero justo en ese momento, Zoe abre los ojos sobresaltada, y sus miradas se entrelazan durante unos segundos confusos, irreales.

—¿Mario? —pregunta ella en una exhalación.

El cielo en llamas ha dado paso a un color azul eléctrico

que lo llena todo de sombras. Apenas hay visibilidad en este trozo de campo iluminado tenuemente por las pequeñas luces ancladas en el césped que se encienden automáticamente cuando se hace de noche.

«¿Mario? ¿Quién es Mario?».

—Soy Yago, Zoe. Perdona, no quería molestarte…

—¡¿Qué hora es?! —pregunta Zoe, con los ojos muy abiertos, saltando de la hamaca como si le hubiera dado un calambre.

—Eh… las siete y media.

—Joder. ¡Joder! Tienes que irte, Yago. Volverá en cualquier momento y no puede verte aquí.

—Zoe, ¿qué pasa? ¿Quién va a volver?

«¿A quién le temes tanto?», querría preguntarle.

—Mario. Mario puede…

«Mario —repite Yago para sus adentros—. Eres patético, *carallo* —vuelve a decirse con crueldad—. Pues claro que tiene a alguien. Pues claro…».

—Perdona, me voy. Solo quería saber si… Es que Celso me ha llamado y…

Zoe no le deja terminar de hablar. Se abalanza sobre el policía como si fuera el mayor de los enemigos o aún estuviera batallando en una de sus recurrentes pesadillas, coloca las manos en su pecho y, con una fuerza inusitada para lo menuda que es, lo empuja en dirección a la salida sin que tenga opción de poner ningún impedimento debido a la confusión. Cuando llegan donde está la moto y Yago está a punto de trastabillar, Zoe lo suelta y mira a su alrededor antes de volver a decirle, esta vez entre dientes con una tensión que podría cortarse con un cuchillo:

—Vete, Yago. Y no vuelvas por aquí. Por favor.

Yago se larga sin entender nada.

¿Qué ha sido de la chica encantadora que ha conocido hace apenas unas horas? ¿De qué o de quién tiene tanto miedo?

CAPÍTULO 7

Pese a las vueltas que le ha dado al coco después del raro momento que ha vivido con Zoe en la propiedad de Greta, Yago se ha quedado frito en el sofá mientras veía una película que le ha interesado entre cero y nada. Son las dos y media de la madrugada cuando la melodía de su móvil lo arranca de un sueño profundo protagonizado, una vez más, por la última mirada que su hermana le dedicó antes de decidir acabar con todo. A Yago, que se despierta de sopetón y con mal cuerpo, no le da tiempo a contestar la llamada, pero al ver que se trata de Jorge, un compañero del cuartel de la Policía Local de Redes, no duda ni un segundo en devolvérsela.

—Yago —contesta el agente sin aliento. De fondo, Yago alcanza a oír el rumor de las olas y muchas voces, como si alrededor de Jorge hubiera congregada una multitud—. La que se ha liado, hostia.

—¿Qué pasa?

—Tienes que venir enseguida. *Na praia do Coído aparecéu un cadáver.*

—¿Lo habéis identificado?

—Es Santi, joder —contesta Jorge afectado—. Santi Ramos, el mecánico, el hijo de...

—Ya, Jorge, ya. Sé quién es. Pero ha sido suicidio o...

Jorge, al otro lado, resopla con impaciencia.

—Ven cagando leches antes de que llegue la inspectora Valdetierra y nos deje de lado en la investigación. En mala hora te liaste con esa tía, macho. Cuántas veces te habré dicho que donde tengas la olla no metas la...

—Ya, tío, ¡no seas bruto!

La inspectora Ana Valdetierra estaba loca por Yago, hasta que él tuvo la oportunidad de estar con Greta y se le ocurrió la nefasta idea de dejarla por wasap.

—Joder... —blasfema Yago tras colgar la llamada. Termina de vestirse y sale escopeteado de casa sin tan siquiera apagar la tele ni las luces.

*

Cuando Yago llega a la playa do Coído, la zona está acordonada. Alrededor del cuerpo sin vida de Santiago Ramos, de veintiséis años, vecino de Redes y sucesor de su padre en el taller mecánico, ya están trabajando los compañeros de la Científica equipados con sus inconfundibles monos blancos, peinando la zona y haciendo fotografías. La inspectora Valdetierra, que ha debido de saltarse unos cuantos radares para llegar en tiempo récord a Redes, discute por teléfono alejada del equipo que rodea el cadáver. Antes de que Jorge llame su atención y la inspectora repare en su presencia, Yago alcanza a ver el cadáver, muy próximo a la orilla. Los ojos abiertos de Santi están cubiertos por el velo grisáceo que deja a su paso la muerte, tiene la piel azulada, y su ropa está empapada. Podría tratarse de un accidente o de un suicidio, ya que el mar casi siempre termina escupiendo los cuerpos, si no fuera por los brazos, que Yago contempla fijamente y con estupor, como si hubiera caído en las garras de un hechizo: A Santi le han amputado los brazos a la altura de los hombros. En la autopsia determinarán la causa y la hora aproximada de la muerte, y si los brazos fueron separados del cuerpo post mortem o Santi todavía estaba vivo, padeciendo un dolor insoportable. Lo que está claro, es que el verdugo ha preparado la escena con esmero y no parece que sea su primer asesinato. Hay que tener valor (y estómago) para desmembrar un cuerpo, o sentir un odio visceral hacia la víctima. A Yago le entra un escalofrío con solo pensarlo, pero debe de haber algún significado en el modus operandi que se les ha presentado esta madrugada en la que la luna llena se ve reflejada en el mar.

—Yago —lo saluda Jorge, meditabundo y ojeroso.

—¿Quién ha encontrado el cuerpo?

—Darío y Marta, unos chavalillos de dieciséis años. Han venido a la playa a… bueno… deduce a qué. Nos han llamado enseguida, hará cosa de una hora, y Ramón y yo nos hemos encontrado con el percal. Nos han dicho que no han visto a ningún sospechoso merodeando por aquí y los hemos mandado a casa. Estaban asustadísimos, en *shock*, esos dos no vuelven a bajar a esta playa.

—Joder, imagino.

—He estado con él esta tarde.

—¿Con Santi? —se sorprende Yago.

—¿Y si he sido la última persona que lo ha visto con vida?

—¿Se lo has dicho a Valdetierra?

—La Pitbull es odiosa, de verdad te lo digo. No hay quien la aguante —suelta Jorge con desprecio—. Ha venido, ha dado unas cuantas órdenes tras inspeccionar el cadáver, nos ha preguntado de malas formas a Ramón y a mí si hemos tocado algo, y nos ha echado la bronca por haber dejado que Darío y Marta se fueran a sus casas. Lleva como diez minutos con el móvil pegado a la oreja. Para ella, la Policía Local de este pueblo solo sirve para poner multas y ayudar a ancianos a cruzar un paso de cebra. No cuenta con nosotros para nada, y menos para algo tan tremendo como esto.

—Ya… —comprende Yago, dirigiendo una mirada rápida a la inspectora, impecable como siempre. Esta mujer parece no tener la necesidad de dormir. Valdetierra vive por y para su trabajo. Seguidamente, Yago levanta la cabeza para volver a ver el cuerpo sin vida de Santi—. ¿Le viste raro? ¿Algo que te llamara la atención?

—Qué va, no entiendo nada. Estaba normal, ya sabes cómo es... Joder. Cómo era Santi. Era... Nos hemos tomado unas cervezas en A Pousada y él se ha ido... sobre las ocho, creo.

—¿Y qué hacía en la playa? ¿Por qué no se fue directo a casa?

—Iba un poco perjudicado —admite Jorge—. Era habitual que bajara a la playa a despejarse antes de volver a casa, pero lo que no me quito de la cabeza es que, quien haya hecho esto, lo siguió desde el bar o conocía su rutina.

—Por el estado del cadáver, parece que lleva unas cuantas horas muerto.

—Con los de la Científica encima del cuerpo no lo ves, pero tiene una marca en el cuello —indica Jorge—. Han debido de atacarlo por la espalda y, por la profundidad de la herida, pondría la mano en el fuego a que ha sido con un cable de acero o similar. Santi era un tío fuerte y a priori no hay marcas de defensa.

—¿Pero nadie vio nada? Si alguien lo siguió desde el bar, si...

—Eso es lo que hay que investigar, agentes —irrumpe la inspectora Valdetierra, fijando sus ojos oscuros en Yago—. Agente Blanco, Velázquez... gracias por sus servicios, pero ya no les necesitamos aquí. Mi equipo y yo nos encargamos.

—Inspectora, si me lo permite, no he tenido tiempo de decirle que esta tarde he estado con Santi en A Pousada —se apresura a decir Jorge, antes de que la inspectora les dé la espalda y los termine de ignorar por completo.

—Bien, quédese, ahora le tomo declaración. ¿Usted tiene algo que añadir, agente Blanco?

Ana Valdetierra, considerada la oveja negra de una de las familias más ricas de A Coruña, decidió hacerse policía en lugar de llevar los negocios de su padre, a quien le entra dolor de cabeza cada vez que la ve los domingos cuando acude a las comidas familiares en el palacete de Bergondo.

«Para mí eres Yago. Para ti soy Ana. Siempre será así», le dijo una vez la inspectora a Yago después de hacer el amor. Y ahora lo mira como si fuera un bicho molesto pegado a la suela del zapato.

—No, inspectora. La última vez que vi a Santi fue hace un par de semanas —contesta Yago—. No sé si sabe que es… era… —corrige, mirando con cara de circunstancias a Jorge, que chasquea la lengua y sacude la cabeza—. Era el mecánico del pueblo. Fui al taller a que me cambiara la batería del coche.

—¿Quién querría hacerle algo así?

Jorge y Yago se miran y se encogen de hombros al mismo tiempo. Santi era un tipo sencillo que no se metía con nadie. De casa al taller, del taller al bar, del bar a la playa y seguidamente a casa... poco más.

—¿No? ¿Nada? —añade la inspectora tras un breve silencio—. ¿Habrá sido elegido al azar? Aquí, en Redes, ¿donde nunca pasa nada? —desconfía, dedicándoles una mirada afilada como la de un águila a punto de cazar a su presa.

Con lo de *nunca pasa nada en Redes* Yago no está muy de acuerdo, pero no va a ser él quien le lleve la contraria a la inspectora. No esta noche.

CAPÍTULO 8

Zoe se despierta con cualquier cosa, pero el pinchazo que le atraviesa la sien no es cualquier cosa; que sea recurrente no significa que no sea horrible. Al dolor de cabeza se le suma la percepción de un olor desagradable que identifica inmediatamente: hierro. Huele a hierro. Al girarse, ve a Mario en el lado derecho de la cama con una expresión serena pero rara. Su cara está llena de sombras que deforman y endurecen sus rasgos, ya de por sí bastos, y la luna proyecta una luz lechosa que se cuela por una rendija en las cortinas, acrecentando el misterio que lo envuelve. A veces, a Zoe le da la sensación de que duerme con un extraño, y entonces la asaltan las dudas, y se convence de que dejarlo no sería tan malo, que de amor pocos han muerto, que lo que a veces cree, que el corazón se le partiría en dos, no ocurrirá.

—¿Cuándo has llegado?

Al formular la pregunta, Zoe nota la boca seca, pastosa.

—Hace rato. Vuélvete a dormir.

—¿No hueles a hierro? Hierro oxidado... ¿De dónde vendrá? —Zoe se incorpora y se lleva las manos a la nariz. Sus manos no desprenden ese olor metálico que Zoe no soporta, pero está cerca, muy cerca, y es intenso.

—Estarías teniendo una pesadilla, Zoe. Duérmete.

—No. Voy a beber agua.

Se levanta de la cama y va hasta la cocina. El reloj de pared marca las cuatro menos veinte de la madrugada. Coge un vaso y lo llena de agua del grifo. Bebe como si no hubiera bebido desde hace días hasta que consigue saciar la sed. Y un trago más que la ayude a tragar la pastilla de Paracetamol que ha cogido del interior de su bolso. Cuando ha ido a buscar el remedio para el dolor de cabeza, tratando de ignorar el olor a hierro oxidado que tan insoportable le resulta y que se niega a desaparecer de sus fosas nasales, se ha topado con la novela que le ha regalado Celso: *El escondite de Greta*. Zoe enciende la lámpara de pie, se acomoda en el sofá, y empieza a leer:

(...)

El cielo salpicado de estrellas fue lo último que vio.

No tuvo tiempo de entender qué estaba ocurriendo, por qué volaba.

Esas tres palabras se esfumaron con la misma fugacidad con la que sus ojos se cerraron para siempre, sumiéndolo en el sueño eterno de los que nos dejan sin querer dejarnos.

CAPÍTULO 9

Redes ha amanecido radiante, con un cielo de un azul tan nítido, que duele a los ojos si lo miras fijamente. Cuando Zoe cierra el libro de Diego Quirón con un nudo estrujándole la garganta, el reloj marca las nueve de la mañana. Entiende que, para la mayoría de lectores, Yago puede resultar un *personaje* odioso y posesivo debido a su aparente obsesión por Greta, la protagonista indiscutible de la novela, pero, para Zoe, fue una víctima más de Leo Artes. Una víctima que, después de las pérdidas vividas, merece una segunda oportunidad. Y amó, amó a Greta Leister de verdad. Alguien que ama con esa intensidad, no puede tener tan mal fondo como el autor ha querido pintarlo en la novela.

Los pasos de Mario sobresaltan a Zoe, tan inmersa en la historia de Greta, ahora sabe que acontecida en el mismo lugar en el que se encuentra, que le cuesta regresar a la realidad. Mario ha salido del dormitorio, recorre el pasillo y, sin darle ni los buenos días, porque el gruñido que emite no cuenta como tal, se encierra en el cuarto de baño. Lo siguiente en llenar el silencio sepulcral de la casa es el agua saliendo de la alcachofa de la ducha.

No hay café. No hay nada para desayunar. A Zoe le rugen las tripas. Aprovechando la ausencia de Mario, que egoístamente suele darse duchas largas sin tener en cuenta la sequía que asola el país, entra en el dormitorio. Se quita la camisa de cuadros talla XXL que pertenecía a Mario hasta que ella se la agenció para usarla de pijama, se pone los mismos tejanos del día anterior, la primera camiseta de manga corta que encuentra, una sudadera negra con capucha y las Converse. Suerte que hace un rato, aprovechando que tenía que ir al baño pese a lo mucho que le ha costado dejar un capítulo de la novela a medias, se ha lavado los dientes. Con la misma indiferencia que le muestra Mario a diario, sale de casa sin decir nada.

«Que se joda».

Guarda la llave de la casa en el bolso. Se coloca el casco que dejó en el manillar, se sube a la moto, arranca, y conduce la fiera, como diría Celso, en dirección al cementerio Cruceiro de Caamouco, cuyo recorrido memorizó el día anterior.

*

En el cementerio hace más frío que en cualquier otro lugar de Redes, como si los muertos abrazaran a sus visitantes. Con el casco colgando del brazo, Zoe camina en línea recta pasando de largo la tumba del conocido cantante Leo Artes, y se planta frente a las dos tumbas que solo frecuenta Yago. Zoe lee las inscripciones en las lápidas con el mismo nudo en la garganta que se ha apoderado de ella al terminar de leer *El escondite de Greta*.

ELSA BLANCO RODRÍGUEZ
19-11-2018
Querida hija y hermana.
Eras demasiado buena para este mundo.

«Elsa, no lo hagas. Elsa... ¡NOOOOOOOO!».

Ahí están, los ecos del pasado imposibles de obviar. Se te meten muy dentro de la cabeza, te atormentan, te enloquecen, dificultan la tarea de olvidar.

Tras la lectura de la novela, es como si Zoe hubiera estado presente en aquella fría noche de noviembre de 2018, con el grito desesperado de Yago al borde del abismo. Las lágrimas brotan de sus ojos como si de verdad hubiera conocido a Elsa. Y a Leo, a Diego, a Greta... la historia le ha dolido y se le ha metido tan dentro, que, por un momento, ha conseguido olvidar lo rara que se ha vuelto su propia vida desde el maldito accidente.

—¿Qué haces aquí? —la sorprende la misma voz que Zoe ha tenido incrustada en el cerebro desde que se ha desvelado en plena madrugada y ha empezado a leer el libro de Diego.

—Yago —lo nombra en una exhalación.

Zoe no lo puede evitar. Es raro, lo sabe, pero, con este impulso, recupera un poco a la chica que fue, y abraza a Yago. Extiende los brazos en dirección al policía, y, sin que a él le dé tiempo a reaccionar, Zoe apoya la cabeza en su pecho, presionando su cuerpo contra el suyo con fuerza, con necesidad. Yago, mirando de reojo la tumba de su hermana, se queda rígido, con los brazos pegados a ambos lados del cuerpo, incómodo por la cercanía y sin saber qué hacer. Ahora, a quien se le forma un nudo en la garganta es a él, porque nadie hasta hoy lo ha abrazado con tanto sentimiento. No ha podido pegar ojo en toda la noche tras el hallazgo del cadáver de Santi en la playa, escena que intenta apartar de su memoria, murmurando con severidad:

—Has leído el libro de Diego.

Zoe se limita a asentir con la cabeza, hasta sentir las manos de Yago en sus hombros apartándola con suavidad.

—Eres mi personaje favorito. El incomprendido, el…

—Ya. Basta. No soy ningún personaje, Zoe. Soy real, mírame, y Elsa fue real, está aquí, joder —espeta Yago con la voz rota, maldiciendo a Diego por dar a conocer al mundo *la historia* y, especialmente, parte de *su* historia, sin preguntarle siquiera si le parecía bien.

—Lo sé, y lo siento... No me puedo imaginar lo que fue para ti ese momento en el que ella decidió...

—¡Que te calles, Zoe!

Zoe se lleva la mano a la boca reprimiendo un sollozo que se le queda atascado en la garganta.

—Perdona, no quería hablarte así. Perdona... Es que ha sido una noche muy dura.

—¿Qué ha pasado?

«Vete de Redes. Vuelve a A Coruña. Aunque Valdetierra diga que aquí nunca pasa nada, empiezo a pensar que este pueblo está maldito».

CAPÍTULO 10

En estos momentos, no hay sufrimiento mayor que el de la presión arterial de la inspectora Valdetierra, que le da un sorbo a su undécimo café. Va de camino a la sala de autopsias donde reposa Santiago Ramos, el mecánico de Redes, cuyos habitantes se han mostrado perplejos en cuanto la noticia ha corrido como la pólvora en sus distintas versiones, a cuál más siniestra. Es lo que tiene el boca a boca, que se tergiversa todo. Hace tanto que Valdetierra recorre estos pasillos del Anatómico Forense de A Coruña que ya no siente el descenso de temperatura, especialmente cuando se adentra en la sala donde Santi la espera abierto en canal en una camilla metálica.

—Inspectora Valdetierra, buenas tardes —la saluda Alfonso, el forense, un hombre enjuto de cincuenta y tantos años, cuyos ojos saltones del mismo color que el musgo se mimetizan con la frialdad que desprende la habitación en la que se encuentran—. Por favor, deje el café fuera. No puede entrar con comida ni...

—Ya, ya... —contesta la inspectora con cara de pocos amigos, dándole un último sorbo al café, para seguidamente lanzar el vaso de cartón al cubo de basura que hay en la entrada—. Bueno. ¿Qué tenemos? —inquiere cuando se planta frente al cadáver, observándolo con la distancia emocional que requiere su cargo; sin embargo, por muchos casos que lleve a cuestas, nunca podrá acostumbrarse a la maldad del ser humano.

—Anoxia anóxica por estrangulamiento, aplastamiento de tráquea. Muerte por asfixia. Su asesino lo atacó por la espalda —indica el forense, llevando la mano enfundada en un guante de látex al cuello del cadáver, con el fin de señalar la trayectoria—. Por el trazo, se trata de un individuo diestro y fuerte, ya lo ve en la profundidad de la herida, pero de estatura muy inferior a la víctima. Entre metro sesenta y ocho, metro setenta y tres. Todo indica que empleó un cable de acero de un diámetro de tres milímetros fácil de conseguir. Los brazos fueron diseccionados post mortem con una sierra, una auténtica carnicería. Es algo poco habitual y muy revelador que indica que la causa del asesinato es por algo personal, que la víctima no ha sido elegida al azar.

Existen tres motivos que llevan a una persona al descuartizamiento: el impulso de eliminar el cadáver ocultando partes del cuerpo con la intención de que el hallazgo o la identificación de la víctima se complique, que no ha sido el caso. Un asesinato provocado en estado de ira y locura, también improbable, pues a la vista está de que el asesino de Santi actuó con la cabeza fría. Y, por último y lo más acertado en este caso, la necesidad de cometer la mayor ofensa y atrocidad sobre la víctima, puesto que desmembrar algunas partes del cuerpo simboliza denigrarlo, insultarlo.

—¿Has podido determinar la hora aproximada de la muerte?

—Entre las nueve y las diez de la noche.

—¿Qué me dice del tatuaje en mitad del antebrazo izquierdo? 116.

El forense se encoge de hombros.

—Es reciente. No tiene más de tres meses. ¿Significado? Con los tatuajes nunca se sabe, es algo tan personal como este crimen. Podría tratarse de cualquier cosa.

«Once de junio —sopesa Valdetierra, quien no tiene ni un solo tatuaje, pero opina que—: La gente casi siempre se tatúa una fecha que quiere recordar».

—¿Drogas, alcohol…?

—Hay valores altos en concentración de alcohol en sangre, lo que, seguramente, dificultó que pudiera defenderse de su atacante. Parece que bebía habitualmente, porque, para lo joven que era, tenía el hígado bastante mal. Por lo demás, diría que este asesinato es obra de un profesional, inspectora.

«Que no va a terminar aquí», añadiría Valdetierra, obedeciendo a su intuición, obsesionada con el 116 tatuado. Camina en dirección a la máquina de café antes de subirse al coche de regreso a Redes. El teléfono móvil de la víctima no ha aparecido, aunque ya se han puesto en contacto con la compañía telefónica. Saben que el último lugar donde el móvil dio señal fue en la praza do Pedregal, seguramente al salir del bar A Pousada alrededor de las ocho de la tarde, según la declaración del agente Velázquez. Bajar a la normalmente desierta playa do Coído a despejar la ingesta de alcohol, algo que, según Velázquez, la víctima hacía con frecuencia, le ha salido muy caro esta vez. ¿Habría sido diferente si se hubiera ido directamente a casa? Tampoco han hallado huellas en el escenario del crimen, un fracaso. Que el asesino dejara a Santi con los brazos separados de su cuerpo pero cerca, como un muñeco defectuoso tirado a la orilla y expuesto durante horas hasta que lo encontraron alrededor de la una de la madrugada, ha ayudado a que el agua del mar arrastre los vestigios que podría haberse dejado, aunque Valdetierra lo duda.

«... es obra de un profesional», evoca las palabras del forense, al tiempo que selecciona *café americano* en la máquina.

Inspectora, como sigas bebiendo café a este ritmo desenfrenado, te vas a llevar un susto.

CAPÍTULO 11

Horas antes del padecimiento de la presión arterial por exceso de cafeína de la inspectora Valdetierra y a cuarenta minutos de distancia del Anatómico Forense de A Coruña, Yago le propone a Zoe ir a tomar un café.

—¿Dónde?

—En mi casa. Redes hoy está… revuelto.

—¿Me vas a contar qué ha pasado, o tengo que utilizar mi bola de cristal?

La sonrisa de Zoe se desvanece lentamente en cuanto se percata de que Yago no está para bromas.

—Bueeeno… pues te sigo con la moto —decide Zoe, pasando por su lado, y, cuando lo hace, levanta un poco el dedo índice, lo suficiente para rozar la mano de Yago, que baja la mirada y la sigue en dirección al exterior del cementerio. En lugar de ver el pelo rosa de Zoe recogido en un moño alto con tendencia a estropearse por culpa del casco, a Yago le parece estar viendo el pelo corto y rubio de Greta, lo que le hace recordar que siempre era él quien iba detrás de ella como lo está haciendo ahora, y el temor regresa hasta el punto de querer recapitular cuando salen del cementerio.

—Estaba pensando que... lo siento, Zoe, tengo que ir al cuartel.

—¿Por qué me mientes? Vas vestido de paisano, no has venido con el coche patrulla. No estás de servicio.

No lo está, Zoe tiene razón. Hoy tiene horario de tarde, pero con lo que ha ocurrido, pese a ser la inspectora Valdetierra y su equipo desde A Coruña quienes se encargan del caso, siente que debería estar en el cuartel.

—¿He hecho algo que te haya molestado?

—No.

—Si fue por lo de anoche...

—¿Quién es Mario?

El hallazgo del cuerpo de Santi ha hecho que Yago olvidara el chasco que supuso ir a la propiedad de Greta. Y todo por culpa de la llamada de Celso pidiéndole que se acercara para ver si todo iba bien.

—Mi novio —contesta Zoe, esquivando la mirada inquisidora de Yago.

—Pues deberías volver con él. Supongo que estáis de vacaciones, no sé qué haces aquí.

—Él no quiere estar conmigo —confiesa Zoe en un murmullo—. Desde el... accidente... —balbucea, para añadir con la voz cargada de dolor—: No lo reconozco.

No sé quién es el tío con el que he estado diez años. Él no es… no es el mismo. Yo no soy la misma. Ayer, cuando llegamos a Redes, creí que venir aquí y cambiar de aires nos sentaría bien. Tenía la esperanza de arreglar lo que sin duda alguna está roto, pero desde que pisamos la casa me dejó claro que prefiere estar solo antes que conmigo. No me mira, no me habla, no me toca, yo…

—No tienes que darme explicaciones —la corta Yago.

—Lo sé.

Yago emite un suspiro cargado de resignación y de muchas otras cosas. Porque aún está a tiempo de huir de lo que sea que signifique este vuelco que la chica del pelo rosa le provoca en el estómago. Pero no puede. No quiere. Esta vez no.

*

Cuando Elsa murió, Yago volvió a casa de su madre. Con el apoyo de una cuidadora que llenaba las horas en las que Yago estaba trabajando, acompañó a su madre lo mejor que supo, intentando no compararse con Elsa. Aprendió a cocinar. Yago cocinando, sí. Si Elsa levantara la cabeza… Hasta que hace ocho meses, cuando Yago fue a despertar a su madre después de prepararle el desayuno, pese a lo duro que era que no lo reconociera, no reaccionó. Le tomó el pulso. No había. Su corazón había dejado de latir. Murió durmiendo con una sonrisa congelada en el rostro que a Yago le llenó de paz.

—Ya estáis juntas… —le dijo Yago, apoyando la frente en la fría mejilla de su madre, que parecía haberse vuelto de cera—. Dale un beso a Elsa de mi parte —le susurró, antes de llamar a los servicios funerarios.

Yago introduce la llave en el cerrojo de la puerta roja. Dos vueltas. Y entran.

—Qué casa tan acogedora —halaga Zoe, dejando el casco en el sillón orejero en el que la madre de Yago veía las horas pasar, siempre tapadita con la manta que descansa en el reposabrazos aunque hiciera calor—. Un poco… femenina, ¿no? —opina.

—La casa era de mi madre. La decoró mi hermana y no he podido cambiarla ni deshacerme de sus cosas.

—Ah. Perdona.

—Cómo ibas a saberlo —le sonríe Yago. La primera sonrisa que esboza en horas. Se dirige a la cocina, separada del salón por un arco revestido de madera. Y ahí donde Elsa preparaba un café malísimo y demasiado amargo y donde se pasaba horas haciendo croquetas cuando estaba nerviosa o algo le preocupaba, Yago pone en marcha una cafetera nueva que funciona con cápsulas. Mucho más eficaz que la cafetera italiana de Elsa que ha pasado a mejor vida—. ¿Café con leche? ¿Solo?

—Con leche, por favor.

Yago le sirve la taza de café con un par de terrones de azúcar que Zoe disuelve. El primer sorbo le sabe a gloria, pero el estómago la traiciona y ruge en el momento en que Yago empieza a preparar su café.

—¿Tienes hambre?

—Un poco —contesta Zoe, avergonzada, al tiempo que Yago se apresura a abrir un armario de donde saca una bolsa de magdalenas.

—¿Te sirve?

—Sí, genial, gracias. Aún no he ido a comprar al supermercado, que ni siquiera sé dónde está, y no pruebo bocado desde ayer al mediodía. Comí con Celso. Es un hombre entrañable.

—Sí, entrañable... —repite Yago con retintín—. Se mete demasiado donde no lo llaman, pero la verdad es que en estos años ha sido como un padre para mí. Quién nos lo iba a decir —termina, esbozando una sonrisa que a Zoe, en este momento, le parece la más atrayente del mundo—. Ayer me llamó. Me dijo que... que algo no iba bien contigo, que me pasara por la casa. ¿Qué le preocupó?

Zoe mastica un trozo de la magdalena que ha cogido de la bolsa, y ahora es ella quien se encoge de hombros, prefiriendo no contestar a la pregunta. Deduce que a Celso le preocupó la manera en la que Mario le habló por teléfono. Tiene el volumen alto, seguro que alcanzó a escucharlo.

—¿Me vas a contar qué ha pasado en el pueblo para que hayas pasado tan mala noche?

Yago inspira hondo. A estas horas de la mañana, todo el pueblo debe de saber que alguien ha matado a Santi, un tipo joven y querido que se llevaba bien con todo el mundo. ¿Un asesinato en Redes? Carne de telediario. Yago piensa que, en unas horas, si es que no ha pasado ya, Redes empezará a inundarse de periodistas en busca del titular más morboso y el humor de Valdetierra empeorará hasta el punto de que será imposible acercarse a ella para averiguar algo sobre la investigación que está llevando a cabo.

—Anoche apareció un vecino muerto en la playa do Coído.

—Qué horror —expresa Zoe. Yago se reserva los detalles escabrosos—. ¿Qué le pasó? Ha sido muerte natural, un accidente o…

—Asesinato.

—Joder. ¿Y estáis investigando?

—El caso lo lleva una inspectora de A Coruña —aclara Yago—. A la Policía Local de Redes, como mucho, nos encargan colocar el cordón policial, somos los primeros en enterarnos y en acudir al lugar, porque la pareja que descubrió el cuerpo llamó al cuartel, pero no tenemos la cualificación necesaria para llevar algo así.

—Entiendo —murmura Zoe, con la mirada perdida—. ¿Lo conocías?

—Sí, era el mecánico del pueblo. Un buen tío, de lo más normal.

—Entonces ¿quién querría hacerle daño?

—Eso mismo es lo que está intentando averiguar Valdetierra...

—¿Valdetierra?

—La inspectora.

—Ah. Es que el apellido Valdetierra en A Coruña es bastante conocido. Procede de una de las familias más ricas, tienen un imperio textil.

—Sí, Ana Valdetierra es hija de Armando Valdetierra, el propietario de ese imperio que ya viene de atrás, del abuelo del propio Armando. Cuando Ana decidió entrar en el cuerpo policial, se convirtió en la oveja negra de la familia. La tienen un poco apartada.

—Vaya, parece que la conoces muy bien.

—Bueno... Ana es bastante conocida en el mundillo.

—Mmmm... —Zoe, distraída, le da un último sorbo al café con leche—. ¿Y tiene algo? ¿Algún sospechoso? —se interesa.

—No lo sé.

«Ni lo sabré, porque tratándose de Ana...», se lamenta Yago internamente, maldiciendo cada hora que estuvo con la inspectora sin corresponderla, algo que vuelve a recordarle a Greta. Y a entenderla. Al corazón, rebelde por naturaleza, no se le puede manipular.

—Ya. Bueno, debería irme. —Zoe, de repente, se muestra nerviosa. ¿A qué viene tanta prisa?—. Tendrás muchas cosas que hacer.

Yago no la retiene.

—Gracias por el café. Y por las magdalenas.

—De nada. Cualquier cosa… ya sabes.

Yago la acompaña hasta la puerta. Zoe le dedica una sonrisa tirante y sale corriendo de la casa del policía como si de repente le hubiera faltado el aire o el espacio se hubiera convertido en una madriguera asfixiante.

*

—¡Mario! —lo llama Zoe nada más entrar en El escondite—. ¡Mario! Mario, tenemos que irnos de aquí. ¿Dónde estabas anoche? ¿Adónde fuiste? ¿Por qué olía a hierro? ¡Te dije que olía a hierro, joder! ¿Qué era? ¡¿Qué era, Mario?!

Zoe da vueltas por toda la casa sintiendo un insoportable pinchazo en la sien que va en aumento a cada segundo que pasa. Es una locura. Enseguida se da cuenta de que Mario no está, ni dentro de la casa ni en el jardín, y de que le está gritando y pidiendo explicaciones al vacío.

—¡Joder! —empieza a llorar, con rabia, abriendo el armario del dormitorio, donde debería estar la ropa de Mario y sus enseres personales, el mono negro para ir en moto, su casco… pero no hay nada. Como si Mario nunca hubiera estado aquí—. Joder, Mario, ¡¿dónde estás?!

Zoe va en busca de su bolso, que ha dejado en el sofá nada más abrir la puerta. Lo revuelve, coge el móvil. Con desesperación, como si le fuera la vida en ello, marca el primer contacto que aparece en su agenda, AA MARIO:

El número marcado no existe.

—¡No, no, no! —sigue gritando, pagando su frustración y su locura contra el móvil, golpeándolo repetidas veces contra un cojín del sofá.

¿Cuándo ha cambiado Mario de número? ¿Por qué no se lo dijo? ¿Tan absorta ha estado en su mundo desde el accidente que le destrozó la vida, que no se ha enterado de un detalle cotidiano y tonto como ese?

Y entonces, busca el número desde el que Mario la llamó ayer cuando estaba en A Pousada con Celso y lo intenta una vez más:

El teléfono al que llama está apagado o fuera de cobertura.

¿Qué está pasando, Zoe?

Lo peor de todo es no tener a nadie a quien acudir, ¿verdad? Sentirte perdida sin Mario, el Mario al que conociste y quisiste con toda tu alma, el que te arropó y te cuidó cuando tus padres se volatilizaron en el vuelo maldito 9525 de Germanwings estrellado en los Alpes franceses.

Aquello parecía irreal. Una pesadilla.

Tu presente parece irreal. Un sueño del que no puedes despertar.

Aún debes de estar dormida…

A lo mejor aún no has despertado… no del todo.

Ni amigos, ni familia… La tragedia ha marcado tu vida, Zoe. Demasiado dolor. Demasiados fantasmas revoloteando a tu alrededor. Demasiado ruido. Por eso entiendes tan bien a Yago. Por eso, aun sin conocerlo, te da la sensación de que os conocéis. Las almas heridas saben reconocerse. Él no es el único que lleva a cuestas la pesada mochila de las ausencias.

CAPÍTULO 12

El GPS le indica a la inspectora Valdetierra que le quedan cinco minutos para llegar a Redes, cuando el estridente tono de llamada de su teléfono sustituye una de sus canciones favoritas, *Si la veis,* de Andrés Suárez.

En el fondo eres tierna, Valdetierra, a quién quieres engañar...

Pero claro, como te han jodido la canción durante el estribillo, contestas por el manos libres de malas formas y Yago, al otro lado de la línea, es quien paga el pato, así que te saluda cortado:

—Inspectora Valdetierra... Soy Yago.

«Nada de vuelcos, no es el momento. Distancia, Ana. Distancia».

—¿Qué pasa, agente Blanco?

—Ha aparecido otro cadáver. Las similitudes con el hallazgo del cuerpo de Santi son evidentes... Tiene las piernas... separadas del cuerpo. Y la misma marca en el cuello, pero esta vez se ha ensañado más... la herida es todavía más profunda.

—¿Está tatuado, Yago? —pregunta Valdetierra con urgencia, pasando de formalidades.

—¿Tatuado?

—En el antebrazo izquierdo. O en el derecho, lo mismo da. ¿Lleva un tatuaje?

La inspectora puede oír de fondo al agente Velázquez cagándose en todo. ¿Ha dicho que hay periodistas? ¿Dónde? Mierda. La prensa ayuda y presiona, es importante que se hable de según qué casos, pero a veces pueden entorpecerlo todo.

—Inspectora...

«Para ti soy Ana», rememora Valdetierra con el corazón en un puño, tarareando para sus adentros la letra de la canción de Suárez que sonaba antes de que Yago irrumpiera con la urgencia de su llamada: *Si se sonroja o tiembla, son los besos que no di...*

—Eh... Sigo aquí, Yago.

Uh... ¿Esas dos palabras tienen un doble sentido, inspectora?

—Sí. Tiene un tatuaje en el antebrazo izquierdo —confirma Yago con la respiración irregular—. 116.

BUM.

—Dónde estáis.

—Número 15 de la rúa de Abaixo.

—Voy para allá. ¡No toquéis nada!

*

Minutos antes de la llamada de Yago a la inspectora Valdetierra

A las ocho de la mañana, Diana se ha despedido de Nuno con prisas. Llegaba tarde al trabajo. ¿Quién iba a imaginar que sería la última vez que lo vería con vida? Con el tiempo y cuando se le pase el *shock*, recordará lo último que le dijo:

—Hoy te toca a ti ir a hacer la compra, que la nevera da pena. A ver si espabilas, Nuno.

Y también, con el tiempo, deseará regresar a ese momento que ahora es niebla en su memoria, para poder despedirse de Nuno como corresponde. Con un beso largo y una mirada intensa que no requiera de palabras, del manido «te quiero» que muchos dicen sin sentir. La culpa por el desprecio que le mostró al decirle: «A ver si espabilas, Nuno», perseguirá a Diana de por vida. Y entonces, Diana no sabrá si de verdad los ojos de Nuno estaban acuosos, como si estuviera a punto de llorar, o no será más que su imaginación acrecentando el drama.

Tras la llamada de socorro desesperada y confusa de Diana a las ocho en punto de la tarde al cuartel de la Policía Local de Redes, Yago y Jorge han acudido hasta el número 15 de la estrecha rúa de Abaixo, en el centro del pueblo. Diana los estaba esperando en la calle destrozada, rota de dolor. Sus ojos reflejaban la consternación a la que los agentes no iban a tardar a enfrentarse. Cuando los ha visto, ha empezado a gritar presa de un ataque de histeria. De no ser por Yago, que la ha agarrado a tiempo, Diana habría terminado cayendo de bruces al suelo. Algunos vecinos, alertados por los gritos de la joven, se han acercado a ella para socorrerla, al tiempo que Yago les ha ordenado que se queden fuera, que no entren en la casa bajo ninguna circunstancia.

—¡Está muerto! ¡Me lo han matado! ¡Me lo han matado! —ha seguido vociferando Diana, aullando de dolor, apoyada por algunos vecinos que todavía no sabían qué había ocurrido. Su voz se ha ido disipando para Yago y Jorge a medida que se han adentrado en la casa, donde todo les ha parecido que estaba en orden, normal, hasta que han salido al patio trasero flanqueado por un muro y se han llevado la hostia.

La noche ha caído sobre Redes como un telón que cede, pero la farola exterior arroja su luz macilenta sobre el patio, revelando el horror de lo sucedido. «¿Cuándo?», se preguntan los agentes, intercambiando la misma mirada de espanto ante el cadáver despedazado de Nuno.

—¿Esta vez habrá actuado a plena luz del día, sin miedo a ser visto? —se pregunta Jorge.

Antes de llamar a la inspectora Valdetierra, Yago hace uso de la linterna para examinar con detenimiento el cadáver.

Nuno Leal, nacido en Lisboa, actualmente en paro y vecino de Redes desde hace cinco años, yace muerto sobre un charco de su propia sangre que su asesino ha provocado seccionándole las piernas. Una masacre. Una visión grotesca, de pesadilla, de película de terror. Hay sangre por todas partes. En el cuello, la misma marca que tenía Santi pero más profunda, como si su atacante hubiera tenido que emplear más fuerza con Nuno para dejarlo sin respiración ni posibilidades.

—A Nuno no debió de pillarlo por sorpresa —deduce Yago, mientras Jorge, con el estómago revuelto, se asoma al muro de la casa esquinera.

—Se coló en el patio saltando por el muro. Fácil hasta para alguien que no esté en plena forma. La calle de atrás no es muy transitada, la gente llega con el coche, aparca y se va. El atacante pilló a Nuno en el patio, al lado de este pequeño huerto —indica Jorge, seguro de sus conjeturas, señalando un par de tomates salpicados de sangre que a Nuno se le debieron de caer al ser atacado.

—Voy a llamar a Ana.

—¿A quién?

—A Valdetierra.

—Uff…

CAPÍTULO 13

La que hay liada en Redes con el asesinato de Santi. Celso, que aún desconoce que hay una segunda víctima, baja la persiana de la librería. Qué agobio. Qué angustia. Se le han colado un par de periodistas, siempre con sus incómodas preguntas. Qué va a saber él, les ha dicho, un simple librero con más contacto con los libros que con las personas.

Sube por la rúa Nova, en sentido contrario y bastante lejos de la casa de Nuno en la rúa de Abaixo, invadida por la inspectora Valdetierra y la Científica barriendo la escena del crimen. A Diana la están atendiendo los servicios médicos, mientras Yago y Jorge se encuentran apostados en la puerta de entrada de la vivienda para que la prensa que merodea por ahí no se cuele ni estorbe.

Como Yago no da señales de vida, hay que ver lo cabezón y cobarde que es este hombre, Celso decide conducir la camioneta color cereza que Greta le regaló, para ir a El escondite a hacer una visita a Zoe. De verdad que le preocupa esa chica, tiene algo que… Celso no lo sabría explicar, quizá es la pena que transmiten sus ojos y ella intenta enmascarar con una sonrisa, la sensibilidad que percibe en ella, la soledad… y lo mal que le habló ese chico por teléfono… Que no debería meterse donde no lo llaman, eso bien lo sabe Celso, que hace cuatro años casi no lo cuenta por entrometido, pero tiene un don para identificar a las personas que necesitan ayuda. Y Zoe la necesita. Lo sabe en cuanto llega a El escondite, llama a la puerta, y, como no contesta nadie pese a haber las luces encendidas, se asoma a la ventana.   El librero ve a Zoe sentada en el sofá en la misma posición que el día anterior en la terraza de A Pousada, con las manos enterradas en la cara, pero esta vez hay algo distinto. Además de que el cuerpo de la chica se balancea hacia delante y hacia atrás a un ritmo vertiginoso, a Celso hay algo que lo sobresalta: las manos teñidas de rojo.

¿Es sangre? ¿Zoe tiene las manos manchadas de sangre?

—¡Zoe! ¡Zoe! —la llama a través del cristal de la ventana. Pero Zoe no lo oye. De noche, desde el interior de la casa no se ve el exterior, así que Celso no es más que una mancha en la oscuridad. Sin perder tiempo, vuelve a la puerta y, directamente, abre con la llave que tiene de repuesto por si los inquilinos pierden las copias que se les presta o por cualquier urgencia. Esto es urgente, se convence Celso—. Zoe —vuelve a llamarla, acercándose a ella con calma para no asustarla. No reacciona—. Zoe, soy Celso, estoy aquí... —murmura, reparando en el corte profundo que tiene en la mano izquierda, entre el dedo índice y pulgar, del que no para de manar sangre. Al levantar la vista en dirección a la cocina, donde Zoe ha ido dejando un reguero de gotitas de sangre, Celso se percata de que encima de la tabla de madera hay un tomate a medio cortar y, al lado, un cuchillo grande de cocina.

—Se ha ido... Mario se ha ido —murmura, tan bajito que Celso necesita aguzar el oído para escuchar lo que dice—. Se ha ido... —repite, cayendo en un bucle que parece infinito, visualizando el armario vacío. Quizá ese armario siempre ha estado vacío, Zoe. Quizá te estás volviendo loca. Quizá Mario no se ha ido hoy. Quizá se fue hace tiempo.

CAPÍTULO 14

La noche está siendo larga. Lo bueno es que los vecinos se han encerrado en sus casas y los periodistas han desaparecido, puede que disuadidos por la cara de malas pulgas de Valdetierra. Los compañeros de la Científica siguen trabajando en el patio trasero de la casa de Diana y Nuno, y el forense se acaba de marchar hace cinco minutos. A Diana la han tenido que sedar poco después del hallazgo del cuerpo sin vida de su pareja. Sus padres la han venido a buscar y ahora duerme en su cama de la infancia rodeada de peluches. Hace media hora que se ha procedido al levantamiento del cadáver, y ahora Nuno viaja en el interior de una funda mortuoria en dirección al Anatómico Forense al que la inspectora Valdetierra, si nada se lo impide, debería volver a primera hora de la mañana. Eso implica que dormirá, con un poco de suerte, un par de horas. Cuando sale al exterior, se sorprende encontrar a Yago.

—¿No tiene vida o qué, agente Blanco? Puede hacer lo mismo que el agente Velázquez y largarse a casa. No le pagarán las horas extra. —Valdetierra se cruza de brazos, chuta una piedrecita calle abajo y sacude la cabeza—. No nos da un respiro. No han transcurrido ni veinticuatro horas entre un asesinato y el otro. Como si llevara mucho tiempo planeando esto y quisiera acabar cuanto antes. Lo único que sabemos por la marca en el cuello, es que es diestro y más bajo que las víctimas. Entre metro sesenta y ocho y metro setenta y tres, según el forense.

—¿Qué está pensando, inspectora?

—Que es alguien de fuera. Que ha venido a matar a estos chicos para irse cuanto antes. ¿Algún sospechoso? ¿Alguien nuevo en Redes?

«Zoe», piensa Yago, pese a la improbabilidad de que la chica del pelo rosa haya cometido dos asesinatos tan atroces. Porque, para quien ha hecho esto, una vida humana vale menos que nada, y Zoe no es así. No puede ser así. Aunque no es raro que Yago piense en ella, en realidad no ha parado de hacerlo desde que la conoció, así que se limita a comprimir los labios y a negar con la cabeza, para, a continuación, pasar al tema que sabe que le obsesiona a Valdetierra:

—116... —murmura Yago—. ¿Qué significa?

—¿Una fecha? ¿Once de junio? ¿Seis de noviembre? ¿Conocías bien a Nuno?

Valdetierra ha bajado la guardia. Está tan exhausta,

que no se ha percatado de que ha empezado a tutear a Yago, algo que él tampoco tiene en cuenta.

—No. A Santi lo veía más, era el mecánico de confianza de Redes, pero Nuno... no sé, habremos cruzado un par de palabras, poco más. Era portugués, creo que conoció a Diana en Lisboa, se enamoraron, y él vino a vivir aquí.

—¿Santi y Nuno eran amigos? Deduzco que sí, o algo les unía, porque es curioso que compartieran tatuaje y que el asesino haya empleado el mismo modus operandi con los dos. Pero ¿por qué a uno le ha diseccionado los brazos y al otro las piernas? —inquiere, más para sí misma que para Yago, sabiendo que ahí está la clave de algo, el móvil de algún tipo de venganza pese a que las víctimas, a falta de indagar más, presumen de unos expedientes limpios. Por no tener, no tienen ni multas por exceso de velocidad—. Se ven muy pocos asesinatos así. ¿Te suena haber visto ese tatuaje en alguien más?

Yago sacude la cabeza a modo de negación, pero, al instante, cae en algo importante y rectifica:

—Sí, me suena —confirma en una exhalación.

Valdetierra lo mira expectante, tratando con todas sus fuerzas de aplacar los pensamientos pecaminosos que se le presentan teniendo a Yago tan cerca, mientras este se encuentra centrado en bucear entre los recovecos de su memoria. Hasta que al final, se le presenta una imagen tan simple y cotidiana como la de un camarero zurdo con una camisa blanca remangada hasta el codo, sirviéndole un café a través de la barra.

—Héctor. Héctor, el camarero de A Pousada, tiene el mismo tatuaje en el antebrazo.

*

En el mismo momento en que Yago cae en la cuenta de la existencia de un tercer tatuaje, Héctor, el camarero de A Pousada, sabe que va a morir. Hoy, en el bar, no se ha hablado de otra cosa que del asesinato de Santi, y Héctor, que desconoce que Nuno también ha caído, ha intentado actuar con normalidad, como si la cosa no fuera con él pese a mostrarse afectado, porque Santi era vecino y amigo. Pero ahora, su mirada se descentra de la estrecha carretera por la que circula, engullida por la oscuridad a estas horas de la madrugada, para dirigirla con nerviosismo a los retrovisores.

Héctor está cagado.

Tiene una moto de gran cilindrada pegada a la parte trasera del coche. Por más que pise el acelerador, no consigue alejarse ni despistarla, y las curvas son cada vez más pronunciadas, más peligrosas, como aquella noche... aquella maldita noche que jamás debió existir.

A pesar del peligro y los nervios, Héctor atina a marcar el número de Esteban, que contesta al momento. Es lo que tiene el insomnio que provoca el remordimiento de conciencia.

—Héctor, joder, ¿dónde estás? ¡Se ha cargado a Nuno! ¡Mi hermana me ha dicho que también se ha cargado a Nuno! —contesta Esteban a gritos.

Y así, a gritos, va a ir esta breve conversación telefónica. La última entre Héctor y Esteban, amigos desde parvularios:

—¡¿Nuno también?! Hostia, hostia, hostia… ¡Que viene a por mí, Esteban! Tengo la moto pegada al coche, joder, no sé qué mierdas hacer.

—¿Pero quién cojones es? —pregunta Esteban, desesperado, al otro lado de la línea.

—¡Es él, Esteban! ¡Es el motorista! ¿Existen los fantasmas? —empieza a delirar Héctor—. ¡Es el tío al que matamos! Ahora viene a por nosotros. Me toca a mí. Me toca a mí. Me toca…

—¡No nos vio nadie, Héctor! —lo calla Esteban de golpe—. No pu… e… d… e…

—No te oigo. ¡Esteban! Esteban, hostias, ¡¿sigues ahí?!

La llamada se corta. En este paraje no hay cobertura, tenía que pasar. Te has quedado solo, Héctor, completamente solo. El pánico se ha adueñado de ti y te distrae, Héctor, es comprensible. Los nervios, la tensión… te hacen vulnerable, y no ves venir el cambio de rasante traicionero que anuncia una curva con muy poca visibilidad. Nunca hay visibilidad cuando el peligro acecha.

La noche acrecienta nuestros miedos. El miedo de Héctor, desde chiquitito, fue tener un accidente de coche como el que está padeciendo ahora, como si ya entonces intuyera que así sería su final. Todo parece que vaya a cámara lenta, pero lo cierto es que ocurre con pasmosa rapidez. Su cuerpo se sacude, siente que gravita, todo a su alrededor se desmorona como un castillo de naipes a merced de una ráfaga de viento. El chirrido del metal es idéntico al de aquella noche en la que despedazaron al motorista, a ojos de Héctor el mismo motorista que ahora se detiene en la carretera y, oculto tras la visera del casco, negra como esta noche sin luna, se baja de la moto y contempla con deleite el accidente.

En esta carretera perdida de la mano de Dios, tardarán en descubrir el cuerpo de Héctor, que se sacude sin fuerzas entre los hierros que lo atraviesan. Paralizado y bocabajo, sintiendo el sabor metálico de la sangre en la boca, el camarero de A Pousada ha aprendido de la peor de las maneras lo que es el miedo. Ese miedo retorcido y siniestro que nos arrastra sin remedio hasta el infierno y nos congela el corazón. Lo único que puede mover son los ojos, que recorren de arriba abajo al motorista que camina en su dirección por el terreno desnivelado despacio, muy despacio, como si su intención fuera alargar esta agonía. Y ahora se agacha. Para que puedan verse bien las caras. Y los ojos casi muertos de Héctor se enfrentan a los de la persona que viene a rematar la faena como si hiciera falta. Porque Héctor, cuya visión borrosa no le impide enfrentarse a sus ojos, esos ojos…, sabe que ya está muerto.

—No… no puedes… ser… tú —balbucea Héctor escupiendo sangre—. Lo… lo… siento. Lo…

—No debisteis huir.

Pero Héctor no alcanza a oír las tres palabras que tanto ha repetido él mismo a lo largo de estos tres meses:

—¡No debimos huir, joder!

Héctor ya no existe. Tampoco ve, ni siente, ni padece, ni será él quien atienda la llamada de Esteban, cuyo nombre centellea en la pantalla resquebrajada del móvil. Tampoco sentirá dolor cuando las manos enguantadas de quien le ha provocado el accidente le rebanen la cabeza, y Valdetierra, dieciséis horas más tarde, enloquezca al no hallarla por ninguna parte.

CAPÍTULO 15

—Te acerco a casa —le ha propuesto Valdetierra a Yago, cuando la casa de Nuno y Diana ha quedado vacía de desconocidos en busca de alguna huella que esclarezca los hechos.

—Puedo ir andando. Pero gracias.

—Vamos, son las tres de la madrugada y no me cuesta nada —ha insistido, pensando ingenuamente que en unas horas se presentará en A Pousada y tendrá la oportunidad de advertirle a Héctor, el camarero, que corre peligro. Que puede ser el siguiente. Sabrá qué significa el 116 que llevan tatuado en el antebrazo y no tendrá reparos en utilizar al joven para tenderle una trampa al asesino y cazarlo con las manos en la masa. Parece pan comido, ¿verdad, inspectora?

*

Valdetierra y Yago han mantenido una brevísima conversación cuando se han subido al coche.

—¿No te acompaña nadie? —le ha intentado dar conversación Yago.

—Cada vez trabajamos con menos recursos —ha contestado Valdetierra torciendo el gesto—. Anselmo, mi ayudante, trabaja desde comisaría, y el subinspector Martín Sánchez, ¿te acuerdas de él? ¿Sí? Pues Martín se está encargando de tomar declaraciones a amigos y familiares, ya sabes que yo no tengo mucho tacto para esas cosas… Por lo demás, trabajo mejor sola, aunque en este caso no me están dando un respiro… es uno tras otro, nunca había visto nada igual.

Fin de la conversación. Sí, Yago sabe que Valdetierra funciona mejor sola. Los compañeros que ha tenido cambiaron de comisaría y uno hasta de ciudad en cuanto los casos, la mayoría resueltos con la inspectora al mando, se archivaron.

Ahora que están a punto de llegar a casa de Yago, este se limita a darle las indicaciones necesarias para no perderse:

—Gire por aquí a la derecha, inspectora.

Valdetierra, a pesar de lo mucho que le afectó que la dejara por wasap sin explicaciones, se da cuenta de que no puede odiarlo y de que hace tiempo que lo perdonó. No siente rencor. Eso cree. Así que ahora querría volver a decirle que para él es Ana. Siempre será Ana. Y que le es inevitable seguir sintiendo algo por él. Tiene las palabras en la punta de la lengua, aunque teme que la haga parecer poco profesional. Menuda contradicción. Han matado a sangre fría a dos jóvenes y la inspectora, más perdida de lo que se ha sentido nunca en ningún otro caso, pensando en lo que no debe... Es lo que tiene estar en el interior de un coche en marcha, de madrugada y en penumbra con el hombre al que, a pesar de los años, no has podido olvidar. Te obnubila los sentidos. Yago tiene la capacidad de hacerla sentir insegura, vulnerable... Y él, incómodo y tenso en la intimidad del coche, como si temiera que pudiera contagiarle un virus letal, sigue en silencio y sin mirarla, hasta que atisba su casa:

—Ahí es —señala.

La inspectora detiene el coche detrás de una moto que Yago reconoce enseguida. Y entonces, Yago gira la cabeza y ve a Zoe a través de la ventanilla. Valdetierra también la ve, y eso no es bueno para la chica del pelo rosa que está sentada al estilo indio con la espalda apoyada en la entrada de la casa de Yago. Las miradas de Zoe y Valdetierra se entrelazan durante unos segundos; la primera sabe a quién está mirando pese a la penumbra, a la segunda le va a costar un poco más. El pelo rosa, lo mucho que Zoe ha cambiado, y la oscuridad que la envuelve, no ayuda a que la inspectora la identifique. No todavía.

—Gracias por traerme, inspectora —se despide Yago

abriendo la puerta.

—¿Tanto asco te doy que no eres capaz ni de mirarme a la cara? —espeta Valdetierra, furiosa, dando un golpe sobre el volante sin dejar de mirar a la chica, que acaba de levantarse y se ha decantado por dar la espalda a lo que sea que vaya a ocurrir dentro del coche.

—A qué viene eso, insp…

—¡Ana! —estalla Valdetierra—. Para ti, cuando estemos solos, sigo siendo Ana. Sé que han pasado cinco años, Yago. Soy consciente de que es tiempo suficiente para olvidar lo que tuvimos, aunque a ti no te hizo falta olvidar nada porque nunca… nunca sentiste lo que yo sí. Fuiste tú quien lo dejó de una manera estúpida y cobarde, sin dar la cara, joder, y puedo parecer poco profesional, una neurótica o una panoli, llámalo como quieras, porque soy consciente de que mañana me arrepentiré de esto y sentiré que he hecho el ridículo, pero tengo que decirte que me moría de ganas por que volviéramos a coincidir. Ayer, cuando te vi…

—Inspectora… —«No sigas». Yago niega con la cabeza, y, ahora sí, la mira a los ojos, pero no como a Valdetierra le gustaría—. Me tengo que ir.

Yago baja del coche, cierra la puerta y le da la espalda a la inspectora como si no fueran a verse más, mientras ella siente que su interior es un incendio propagándose a toda velocidad y sin control. Tensa la mandíbula en un intento inútil de reprimir las lágrimas. Yago no las merece.

Nadie las merece. No ha necesitado *un día siguiente* para darse cuenta de que, efectivamente, ha hecho el ridículo. Sí, ahora, en este mismo instante, Valdetierra querría controlar las manecillas del reloj para retroceder tres minutos y borrar todo lo que le acaba de decir a Yago. Iba a abrirle su corazón. Otra vez. Y él la ha ignorado por completo. Como siempre.

¿Pero qué esperabas, inspectora? Céntrate en lo importante. No es el momento de dejarse llevar por el corazón ni de fantasear con momentos que nunca llegarán a darse. No en tu vida. No con Yago.

Antes de soltar el pedal de freno, cambiarlo al acelerador y alejarse calle abajo en dirección al primer hostal que encuentre, la inspectora comete el error de mirar. Por esa última mirada se la llevarán los demonios y el refrán: «Ojos que no ven, corazón que no siente», nunca tuvo tanto sentido. Yago abre la verja y se acerca a la chica del pelo rosa. Se miran. Y, sobresaltando a Valdetierra como si le dieran un puñetazo en pleno plexo solar, la chica abraza a Yago.

Vamos, inspectora, aunque esté oscuro, piensa… ¿De qué te suena? ¿Quién es esa chica a la que conociste en tu otra vida?

*

—No sabía adónde ir… —rompe a llorar Zoe, apoyando

la cabeza en el pecho de Yago, que una vez más no sabe qué hacer con las manos y mantiene los brazos rígidos a ambos lados del cuerpo.

—Espera. Déjame coger las llaves y...

—Sí. Sí, claro.

Zoe se muestra avergonzada por el acercamiento que acaba de provocar, al tiempo que Yago abre la puerta, enciende la luz y la invita a pasar. Al contrario que Zoe, Yago parece tranquilo, pero no es más que fachada. El policía tiembla de arriba abajo, porque le da miedo lo mucho que Zoe acelera su corazón. Esto, aunque bueno, no puede ser normal, no es algo que ocurra todos los días ni con cualquiera, pero hoy no es cualquier día y Zoe no es cualquiera, Yago empieza a darse cuenta.

—¿Qué te ha pasado en la mano?

—Me he cortado. Celso ha parado la hemorragia y me ha vendado la mano —contesta Zoe, quedándose plantada en mitad del salón.

—¿Celso?

—Ha venido a casa. A El escondite. Hemos estado hablando. Me ha... yo...

—Zoe, tranquila. Siéntate y ordena tus pensamientos mientras yo me preparo una tila. ¿Quieres una? —Zoe asiente—. Vale... Y, no sé, luego me cuentas. Si quieres.

—Llevaba tiempo sin salir de casa. Sin hablar con gente. Llevaba tiempo... sin ver a nadie —empieza a abrirse Zoe. Yago se queda parado bajo el arco que separa el salón de la cocina, se gira para mirarla, y Zoe añade—: Eso quiere decir que eres la primera persona con la que hablo en mucho tiempo.

—¿Y tu novio?

«Hablar con él es como hacerlo contra una pared», se calla Zoe.

—Mario se ha ido. Debe de haber otra, hace meses que lo creo, y ha sido un puto cobarde al irse. No sé por qué me trajo hasta aquí, no tiene sentido... no... no lo sé. Me culpa de todo. De todo lo que pasó... porque fue culpa mía, Yago. Fue culpa mía... —se rompe Zoe, llevándose las manos a la cara, sin que Yago entienda nada.

El policía inspira hondo. Jamás en la vida se había mostrado tan delicado como ahora con Zoe al decirle con voz susurrante, calmada:

—¿Quieres hablar al respecto?

—No. La verdad es que no.

«Entonces ¿para qué has venido?», le habría preguntado el Yago de hace cuatro años. Pero el de ahora se limita a asentir, porque comprende que a veces las palabras te ahogan en lugar de liberarte, y lo único que necesitas es que alguien se siente a tu lado y te comprenda sin necesidad de saberlo todo.

Seguidamente, Yago se planta en la cocina para preparar las dos tilas. Y ahí, en la estancia que perteneció a Elsa, se pregunta qué pensaría de Zoe. No le habría gustado, Elsa era muy tradicional. ¿Pelo rosa? ¿Por qué rosa? Seguro que su melliza le diría:

—Parece un poco perturbada, Yago. Una chica problemática. Aléjala de ti, no te conviene. No quieres más problemas en tu vida, ¿no? Esa chica puede ser un problema, no le veo el punto.

—No puedo, Elsa, es superior a mí. No sé por qué. Es de locos. No la conozco, pero no quiero alejarla.

—¿Has dicho algo? —le pregunta Zoe desde el salón.

Por un momento, Yago, con las manos apoyadas en la encimera, mira hacia su lado derecho y le parece estar viendo a Elsa.

—¡No, nada! —contesta Yago, dedicándole un guiño al fantasma de su hermana. No está ahí, claro, los fantasmas no existen o no podemos verlos como si estuvieran vivos, porque, de ser así, se trataría de una enfermedad mental o eso nos querrían hacer creer, ¿no? Pero a Yago le gusta imaginar a Elsa. Visualizarla viva. Le gusta pensar que una parte de lo que fue, de su energía, de su esencia o de lo que sea que exista cuando abandonamos el caparazón con el que venimos al mundo, sigue con él.

Con las dos bolsitas de tila preparadas y mientras hierve el agua en una pequeña olla, Yago mira el móvil, que suele tener en silencio cuando está de servicio. Consternado por el asesinato de Nuno, no lo ha mirado desde la tarde, y se percata de que tiene un wasap de Celso de hace algo más de cuatro horas de lo más preocupante:

CELSO_23.03
Acabo de salir de El escondite.
Zoe no está bien. Es frágil, inestable.
No pasa por un buen momento, me ha contado
algo que me ha dejado inquieto. Algo horrible.
Cuando puedas, hablamos. Me da miedo
que la chica haga cualquier tontería.

«¿Qué es eso horrible que le ha contado a Celso? ¿Porque al librero sí le ha contado, sea lo que sea que le pase, y a mí me ha dicho que no tiene ganas de hablar?».

Maldita la manía que tiene Celso de querer salvar a todo el mundo, piensa Yago, acordándose inevitablemente de Leo Artes. A lo mejor, quiere convencerse el policía, en este caso Celso ve fantasmas donde no los hay, intuyendo problemas que en realidad no existen, con esa extraña fascinación que tiene de querer adelantarse al futuro, pensando que así podrá evitar problemas.

*

Yago le tiende la tila a Zoe, que la acepta con una sonrisa triste. Él se sienta a su lado, lo suficientemente alejado para que sus piernas no se rocen. Ambos le dan un sorbo a sus respectivas tilas sin saber muy bien qué decirse. Zoe quiere preguntarle si la mujer que conducía el coche es la inspectora Valdetierra, pero se contiene. No debería importarle. Además, ya conoce la respuesta. Lo que Zoe no sabe, es por qué parecía tan alterada con Yago, quien, con determinación aunque con intenciones ocultas, irrumpe sus pensamientos preguntando:

—¿Qué has hecho hoy?

—Querrás decir ayer —corrige Zoe, señalando el reloj de pared que hay encima del televisor. Son las tres y veinte de la madrugada—. Estuve aquí. —Yago asiente, pensativo, escudriñando su gesto como si le estuviera tomando una declaración oficial—. Luego… me fui a El escondite. Al cabo de una hora salí para comprar algo de comida, volví a casa, y no he hecho nada más en todo el día —asegura.

—¿Estaba tu novio?

—Ya no es mi novio —aclara Zoe, tragándose las lágrimas. Ya ha derramado suficientes por hoy (o ayer). Ya está harta, harta de que la engañen, harta de secretos, de querer retener algo que está muerto, solo por costumbre o necesidad.

—¿Pero estaba en casa? —insiste Yago con la mayor suavidad posible.

—No. Su ropa no estaba… ni su casco… se lo ha llevado todo. No ha dejado ni una nota. No lo entiendo. Tampoco sé cómo ha vuelto a A Coruña, si es que ha vuelto a casa… La moto la tengo yo.

—Se llama Mario, ¿no? —Ella asiente, enfrentándose a la mirada inquisidora de Yago—. ¿Sabes cuánto mide de altura?

Zoe compone un gesto de extrañeza. No entiende a dónde quiere ir a parar con esa pregunta que se le antoja bastante tonta.

—¿Por qué quieres saber la altura de Mario?

«Porque podría ser sospechoso», se calla, pensando en lo que le ha dicho Valdetierra: por las marcas en el cuello de Santi y Nuno, que medían cerca de metro ochenta, el sospechoso es más bajo que ellos. Entre metro sesenta y ocho y metro setenta y tres, ha especificado la inspectora. Y que ella piensa que es probable que se trate de un forastero que quiere terminar cuanto antes lo que ha venido a hacer, para marcharse de Redes sin dejar rastro. Mario es un forastero a quien nadie ha visto. Y ha dejado a su novia de la noche a la mañana, pero quizá no por los motivos que ella piensa, vaciando El escondite de sus pertenencias. Podría ser. Pero Yago no ha atinado con la pregunta, y Zoe no tiene por qué contestar, así que decide beberse de un trago la tila y levantarse del sofá con la intención de ir a dormir, como si esa pregunta nunca hubiera emergido de sus labios.

—Es muy tarde y estoy molido, me voy a dormir. Si quieres, puedes quedarte, hay dos habitaciones libres.

A Yago le encanta la mirada que Zoe le dedica. Justo en el momento en que, sin decir nada más, tiene pensado encerrarse en su habitación, la mano de Zoe se entrelaza con la suya, y el simple tacto lo estremece.

—Mejor me voy —decide ella, dejando la tila a medio beber en la mesita de centro, con una tranquilidad que dista mucho del nerviosismo con el que llevaba dos horas esperando a Yago.

—Ten cuidado con la moto.

—Sí, policía.

Cuando Yago alcanza a escuchar el rugido de la moto, quieto como un pasmarote en el mismo punto en el que Zoe lo ha agarrado de la mano, su respiración agitada por el simple roce de su piel vuelve a la normalidad.

Yago Yago... que te estás pillando.

CAPÍTULO 16

Tercer día de pesadilla para Valdetierra, que apenas ha podido dormir, y también para el *apacible* pueblo de Redes, cuyo cielo encapotado presagia tormenta.

El día no ha hecho más que empezar para el pueblo costero, cuando la inspectora entra en A Pousada a las nueve y media de la mañana, y el hombre mayor que hay tras la barra despotrica con cara de pocos amigos sobre la falta de profesionalidad de un trabajador.

—*Bos días.* Inspectora Valdetierra —se presenta Ana, estirada como de costumbre, mostrándole la placa—. ¿Está Héctor?

—Rodrigo Castaño, *o xefe da Pousada do Mariñeiro para servila.* Justo estábamos hablando de ese. Menudo vago. Tenía que abrir el bar a las ocho y se me ha quedado cara de *parvo* cuando he llegado a las nueve y me he encontrado la persiana bajada.

—Se iría de juerga, Rodrigo, seguro que en diez

minutos lo tienes aquí *adormilao* —interviene un parroquiano que, acto seguido, le da un sorbo a su carajillo de anís, decidiendo no intervenir más debido al enfado del restaurador.

—Que no, Pascual, que no. No es la primera vez que me lo hace. Héctor no vuelve a servir aquí —asegura Rodrigo—. ¿Le pongo algo, inspectora?

—Sí. Un café americano. Bien cargado, por favor. — La inspectora tiene un mal presentimiento. No es que Héctor sea un vago o se haya quedado dormido, es que cabe la posibilidad de que alguien se haya encargado de que no vuelva a subir la persiana de A Pousada. De ser así, está jodida. Sus planes de usar a Héctor para cazar a la bestia, se van a la mierda. Sin embargo, necesita despejar la neblina de agotamiento que espesa su mente. Y eso requiere de una buena dosis de cafeína—. Héctor tiene un tatuaje en el antebrazo. 116.

—Sí, se lo hizo hará cosa de un mes. Me acuerdo porque a mí no me gustan los tatuajes, le dije que lo enseñara lo menos posible, pero esta juventud de hoy en día… Qué se le va a hacer —contesta Rodrigo con resignación, buscando complicidad en la mirada de Pascual, que emite un chasquido.

«Hace un mes», apunta Valdetierra en su libreta.

—¿Sabe qué significado tiene el 116?

—*Eu? Que vou saber?* —ríe Rodrigo, sirviéndole el café americano a la inspectora, que tarda cero coma en darle el primer sorbo que parece devolverla a la vida.

—¿Me puede decir cómo se apellida Héctor?

—A ver, ¿pero qué ha hecho? ¿Por qué me pregunta por él? ¿Usted es inspectora de dónde?

—De Homicidios.

El dueño de A Pousada palidece varios tonos. Y el parroquiano también.

—Héctor no será… no habrá… *Meu Deus! O mundo está tolo!*

Pascual sacude la cabeza y vuelve a emitir un chasquido, parece un tic. Rodrigo se lleva las manos a la calva arrepentido por haber lanzado varias maldiciones contra Héctor.

—No tengo toda la mañana. ¿Me puede decir los apellidos de Héctor? —se impacienta Valdetierra.

—Sí, señora. Héctor Rodríguez Castillo.

—Bien.

Valdetierra paga el café y sale a la calle. En mitad de la praza do Pedregal, la inspectora se permite un segundo de paz para contemplar el mar que tiene delante, lo que hace que, aunque coincida en tiempo y espacio con Yago, sus miradas no se encuentren. Seguidamente, tras tomar una bocanada de aire para deshacerse de la presión que siente en el pecho, llama a la comisaría de A Coruña, donde debería regresar para ir al Anatómico Forense donde otro cadáver, el de Nuno, la espera en la misma sala en la que ayer estaba Santi. Pero el asesino no le da un respiro. Igual sí necesitas un camarada, inspectora.

—Anselmo. Héctor Rodríguez Castillo, de Redes. Camarero en A Pousada do Mariñeiro. Quiero saberlo todo.

—Otro... ¿otro cadáver? —se teme el agente.

—Ya veremos, Anselmo. —Por un mal presentimiento, aunque sea con fundamento por el tatuaje que une a Héctor con Santi y Nuno, Valdetierra sabe que no puede organizar un operativo para encontrarlo, solo porque hoy no haya cumplido con su horario laboral, así que añade—: Si en veinticuatro horas no aparece o alguien denuncia antes su desaparición, montaremos un operativo de búsqueda. Y pásame una lista de todos los estudios de tatuajes que haya en A Coruña y en los pueblos de los alrededores, especial atención a los que están próximos a Redes.

—Ahora mismo, inspectora.

*

—Mañana no hay club de lectura, Yago. El pueblo está de luto —informa Celso tras el mostrador de la librería, sin levantar la cabeza de la novela que está leyendo: *La carretera*, de Cormac McCarthy, galardonada con el premio Pulitzer 2007—. Margarita no anda muy fina, le duele la espalda, ya verás cuando seas viejo como nosotros y te asalten los achaques, y los demás... bueno, los demás temen salir de sus casas con un asesino suelto por ahí al que ya deberíais haber cazado.

—Como si fuera tan fácil, *carallo*. Y a ellos no... Dile a los del club que no están en peligro, Celso. De verdad.

—Como no me cuentas nada... ni contestas mis wasaps... —se hace el indignado Celso, que ha perdido por completo el hilo de la novela por la presencia del policía—. Las noticias han llegado hasta Francia, fíjate. He hablado con Greta y Diego, que están preocupadísimos, porque no es normal lo que está pasando, Yago, no es normal. Estamos a miércoles y ya hay dos víctimas. Por aquí cuentan que son asesinatos espeluznantes... macabros... como los de los *thrillers* nórdicos que lees. ¿Qué han hecho esos chicos para merecer una muerte así? Eran buenos mozos, que yo los conocía, *carallo*.

—A ver si se va a inspirar y al escritor se le va a ocurrir escribir otra novela... Regreso a Redes —se burla Yago, poniendo los ojos en blanco, que es el gesto que le sale innato cuando menciona a Diego—. Bueno, cambio de tema, que los casos están bajo secreto de sumario.

—En esta librería y entre tú y yo no hay secreto de sumario que valga, Yago.

—He venido por el wasap que me mandaste anoche sobre Zoe.

—Me equivoqué. Me precipité —recapitula el librero—. Ella me contó algo espantoso en confianza y no tengo por qué compartirlo contigo, no sin su permiso.

Que te lo cuente ella. Que luego vas por ahí diciendo que soy un chismoso. Secreto de sumario.

—¿Por qué temes que se haga daño?

Celso le da la espalda, enciende la máquina de café. Tiene el detalle de coger dos tazas, sabe cómo le gusta el café a Yago, y a los cinco minutos se lo sirve.

—A los sillones —ordena. Celso se acomoda en el sillón orejero que preside el club de lectura de los jueves, y Yago en una silla plegable que se le queda pequeña—. Ayer fui a verla. Me la encontré con un corte en la mano, llorando y temblando. Que el malnacido de su novio se había largado, me dijo. Que tenía a otra, que llevaban un tiempo mal, y ella había pasado por una depresión muy fuerte y llevaba tres meses atontada por los antidepresivos y sin salir de casa, hasta que el innombrable le propuso venir aquí. Ella pensó que sería un viaje de enamorados, que arreglarían lo que ya estaba roto. Así lo dijo: roto. Total, que llegaron el lunes, apenas han mantenido relación, y ayer, el muy imbécil, se largó sin decir nada. Está desaparecido.

—Celso, enséñame la reserva de Airbnb.

—Qué sospechas. Ya te la digo yo. Zoe me dijo que la reserva era para dos personas, pero solo aparecía su nombre. Zoe Cortés. Datos y esas cosas *eu non sei*, que lo lleva Greta y solo ella tiene acceso. No le di importancia. Me dijo que, aunque dejó su número de contacto y yo en todo momento hablé con ella, la reserva por internet la

113

había hecho el zagal.

—¿Pero tú has visto al novio?

—*Eu no*. ¿Tú me escuchas cuando te hablo, Yago? Ayer, cuando fui a El escondite, él ya se había largado. Dejó a Zoe sola.

—¿Y qué es eso horrible que le pasó? Ayer vino a mi casa. No sé desde qué hora llevaba esperándome, eran las tres y pico de la madrugada. Estaba muy afectada, muy alterada... le dije que si quería hablar de lo que fuera, me contara, pero prefirió no hacerlo.

—No inspiras la confianza que inspiro yo, será eso.

—Estoy perdiendo la paciencia.

—Y con bastante rapidez. Vas a ser un mal padre.

—Celso...

—Es que es horrible, *fillo*, horrible... Y, si te lo cuento y ves a Zoe, no vas a poder hacer como si nada.

Forastero. Entre metro sesenta y ocho y metro setenta y tres. Más bajo que sus víctimas. Diestro. Con prisas por desaparecer del pueblo. Nadie lo ha visto. El móvil podría ser la venganza, pero ¿venganza de qué? 116. 116. 116. Yago da un golpe sobre la mesa que hace tintinear las tazas de café y sobresalta a Celso, quien llevaba tiempo sin verlo tan cabreado, tan al límite.

—El novio de Zoe podría ser el asesino de Santi y Nuno —expone el policía, alterado, lo que provoca que Celso lo mire por encima de las gafas con los ojos abiertos como platos de pura incredulidad.

CAPÍTULO 17

—¿Dónde está la cabeza? ¡Encontradme la puta cabeza!

Valdetierra va a ser una bomba. Va a perder los papeles como nunca. Pero todavía no. No, aún no hemos llegado a ese momento de caos, confusión y miedo, porque la prensa presiona y los de arriba se van a poner nerviosos y no van a tardar en pedirle explicaciones a la inspectora, desesperada por encontrar al culpable de estas atrocidades.

*

Anselmo ha enviado una lista de más de treinta estudios de tatuajes en A Coruña y alrededores. Este sería un momento en el que Valdetierra agradecería tener más recursos y un compañero que le eche un cable, aunque la mayoría no le lleguen a la suela del zapato y la incordien. Le va a ser imposible visitar todos los estudios, así que, guiada por su intuición, se ha centrado en los de Ferrol, a solo veinte minutos en coche desde Redes. Pero no son pocos. Solo en Ferrol hay diez estudios y nadie acierta a la primera, tampoco Valdetierra, aunque presuma de una intuición más desarrollada que la media. La inspectora ha entrado en Studio Punto Tattoo, Opie Black Tattoo y Mala herba tatuaxe, locales relativamente cerca los unos de los otros, que le han asegurado que ellos no han hecho ese tatuaje. A ver si hay más suerte en Monster and Tattoos, en la rúa Magdalena.

—Un momento, ahora te atiendo —le dice una chica con tatuajes hasta en las cejas, dándole la espalda y desapareciendo por un estrecho pasillo.

Valdetierra odia el ruido que le llega hasta la entrada, le da dentera. No lo soporta más.

—No tengo un momento —irrumpe Valdetierra, entrando sin pedir permiso en la sala, donde la tatuadora y su clienta, tumbada con el vientre al aire, la miran como si la fueran a asesinar. Hasta que la inspectora saca su *pase VIP* y las dos cambian la expresión.

—Tú dirás —murmura la tatuadora, volviendo a la recepción seguida de Valdetierra, que le planta delante de las narices dos fotos: los antebrazos de Santi y Nuno. El 116 grabado en pieles que, en las imágenes, lucen azuladas y hasta puede sentirse el frío que desprenden, por lo que la tatuadora las mira, vuelve a mirar a Valdetierra asustada, y traga saliva—. Sí, los hice yo. A cuatro chicos.

—¿Cuatro?

«Mierda».

—Ajá… Pagaron en efectivo.

—¿Te contaron qué significado tenía?

—No. Nunca pregunto, y si no me cuentan, pues… Podría significar cualquier cosa.

—¿Podría ser una fecha?

—Es algo bastante común, sí.

—¿Tienes cámaras?

«Vamos, necesito identificar al cuarto chico tatuado», suplica Valdetierra internamente.

—Sí, en la entrada. —Señala una que hay encima de la puerta; los ojos oscuros de Valdetierra brillan de esperanza, hasta que la chica, apurada, añade—: Pero se borran automáticamente a las dos semanas y ha pasado más tiempo, creo que los hice hace un mes, así que…

＊

En el momento en que Valdetierra, con el 116 grabado a fuego, se sube al coche, suena su móvil.

—Anselmo.

—Inspectora… El comisario me manda a Redes, voy de camino.

—¿Qué? ¿A ti? ¿Por qué? —inquiere Valdetierra, y de

117

los nervios, la voz le sale más aguda de lo normal.

—¿Conoces *o camiño Pena Pico*?

¿El camino Pena Pico? ¿Eso dónde cae?

—Anselmo, al grano.

—Pertenece al municipio de Cabanas, queda al lado de Redes. Bueno, pues... ha aparecido otro cuerpo, inspectora. Perdido en ese camino, que es bastante accidental, y de noche no debe de verse nada. Aparentemente, ha sufrido un accidente. Han encontrado el cuerpo en un punto con poca visibilidad, atrapado entre el amasijo de hierros en el que ha quedado el coche. Lo han visto unos excursionistas, la Guardia Civil se ha personado hasta allí hace una hora, y se han puesto en contacto con nosotros porque en el antebrazo tiene tatuado un 116, como las anteriores víctimas.

—¿Lo han identificado?

—No han encontrado la cabeza, pero sí. Se trata de Héctor Rodríguez Castillo, cuyo expediente, por cierto, está tan limpio como el de las dos víctimas anteriores.

—Espera, que... ¡¿No han encontrado la cabeza?!

*

—¡¿A esto le llaman carretera?! ¡Joder! —blasfema la inspectora, cuyos modales refinados que le inculcaron en la escuela privada a la que fue han pasado a mejor vida, recorriendo el sombrío camino Pena Pico hasta detenerse en el punto en que Anselmo le ha dicho que se ha producido el accidente. No le cuesta encontrar el lugar en el que han hallado el coche destrozado, que debió de dar varias vueltas de campana al salirse del camino, hasta que el tronco de un imponente árbol centenario lo detuvo en mitad de la pendiente, haciéndolo trizas.

La zona está acordonada y el camino cortado por un par de coches de la Guardia Civil. Anselmo ha llegado hace diez minutos, y Valdetierra lo mira con desprecio desde el interior de su coche, porque el pobre está apoyado en un árbol echando la pota, seguramente por la visión del cadáver sin cabeza de Héctor. Anselmo tiene nombre de hombre mayor, pero en realidad el chico tiene veintiséis años y es un novato que se llama así por puro capricho generacional.

Efectivamente, podría haber pasado por un accidente en una carretera rural estrecha y flanqueada por bosques, llena de cambios de rasante, baches, curvas imprevisibles y poca visibilidad, de no ser por la cabeza rebanada con una sierra, como los brazos de Santi y las piernas de Nuno, y el 116 tatuado en el antebrazo. El tatuaje es lo primero que Valdetierra vislumbra cuando se aproxima al cuerpo, con cuidado de no tropezar en el ascenso, maldiciendo una rama que le ha rasgado la camisa de seda. La Policía Científica ha empezado a barrer la zona, pero está a punto de llover, predice Valdetierra con la mirada dirigida al cielo, y sabe que, una vez más, no van a encontrar nada.

—¡¿Dónde está la cabeza?! ¡Encontradme la puta cabeza!

Valdetierra, calma, no enloquezcas, te necesitamos serena. A este paso, te va a dar un infarto.

Un agente se acerca a la inspectora y le tiende un móvil metido en una bolsa de plástico.

—¿Funciona?

—Sí. Lo hemos desbloqueado.

Valdetierra no pregunta cómo, deduce que con la huella dactilar del difunto, con medio cuerpo bocabajo y sin cabeza sobresaliendo por la ventanilla del vehículo. Enfunda sus manos en unos guantes de látex y extrae el móvil con la pantalla resquebrajada. Ha recibido un buen golpe, pero, milagrosamente, funciona. Los móviles de Santi y Nuno siguen sin aparecer, las compañías telefónicas deben de estar a punto de facilitarles los datos tras enviarles la orden, pero ¿por qué el asesino no ha hecho desaparecer también el móvil de Héctor? ¿Qué quiere que encuentren?

Últimas llamadas: una de Héctor a un tal Esteban, así es como lo tiene grabado en la agenda, a las 23.52 con una duración de dos minutos y medio, y otra de Esteban a Héctor a las 00.13 que solo duró doce segundos. La inspectora no duda. Marca el número de Esteban, pero…:

El teléfono al que llama está apagado o fuera de cobertura.

CAPÍTULO 18

—*Meu Deus*, ¿tú crees? ¿Qué te hace pensar eso? —«Un forastero», tiene metido entre ceja y ceja Yago, influenciado por las deducciones de Valdetierra. En verano la cosa podría complicarse, vienen muchos turistas, pero en el mes de mayo no es lo habitual—. ¿Por qué querría el novio de Zoe matar a Santi y a Nuno? —sigue dándole vueltas Celso, ajustándose las gafas—. ¿Qué les une, si en un principio es la primera vez que la pareja viene a Redes? *O mundo está tolo, carallo.*

«Para qué le he dicho nada», se arrepiente Yago en el acto, aunque Celso le ha dado un nuevo dato: Zoe y su novio no habían estado nunca en Redes.

—A ver, te voy a contar lo que Zoe me contó. Pero ni una palabra. Deja que ella se abra a ti y actúa como si no supieras nada.

Yago, impaciente, se cruza de brazos, hincha el pecho

al inspirar hondo, y Celso suelta con arrojo:

—Cambia esa cara de chulo, Yago, que no eres tan guapo como crees. Hay que ver qué humos te gastas por tener unos pocos musculitos, *fillo*.

—Celso, directo, que no tengo todo el día y ya debería estar en el cuartel.

—Zoe estaba embarazada. De seis meses. Salía de cuentas este mes de mayo, a principios... una pena, *fillo*. No recuerda nada de lo que pasó aquel día, solo que recibió una llamada, cayó por las escaleras y perdió el bebé. Despertó en el hospital hueca, me dijo, sintiéndose hueca y con dolor en todos los huesos. Mario estaba llorando a los pies de su cama totalmente destrozado. Horrible, Yago..., una desgracia. Ella se culpa de lo que pasó. Del accidente. Y cree que por eso Mario cambió y se distanció de ella hasta el punto de no poder mirarla ni tocarla.

»Desde el momento en que la caída provocó que Zoe perdiera el bebé que esperaban, piensa que Mario, que estaba muy emocionado con ser padre, la ha culpado por torpe, por no haber tenido más cuidado... Cosas que se dice a sí misma flagelándose a diario. No le llegaron a enseñar al bebé, alegaron que no sería bueno para ella. Era una niña que a los seis meses de gestación ya estaba algo formada, *pobriña*, por eso se tiñó el pelo de rosa. Por la niña. Por las paredes de la habitación que pintaron de rosa y habían preparado con toda la ilusión, y cuya puerta Zoe no ha podido volver a abrir. Desde entonces, padece de una fuerte depresión que la ha tenido tres meses encerrada en casa sin querer hablar con nadie ni salir, y el comportamiento distante de Mario tampoco ha ayudado en su mejoría hasta que le propuso venir aquí. Por eso Zoe no entiende por qué ha desaparecido sin decirle nada. Resulta que no tiene a nadie. Sus padres murieron en un accidente, no sé cómo ni cuándo... no pregunté, no quise ahondar más en su pena. Y eso es todo.

«Como si fuera poco», se lamenta Yago.

—Ya ves, Yago, hay tragedias en todas partes... a cada uno nos afectan las nuestras, hay quienes no se hunden y son capaces de seguir adelante, y a otros, como a Zoe, les pesa tanto la vida que temo que intente quitarse de en medio, ¿entiendes? Soy así, no lo puedo evitar, me preocupo por las personas aunque no las conozca y tú me taches de chismoso.

—Y es de admirar, Celso. De verdad —lo interrumpe Yago, levantándose de la silla. El librero reconoce esa voz grave a punto de romperse por la pena que, al igual que Zoe, el policía lleva a cuestas—. Gracias por contármelo. Ahora me tengo que ir.

—Oye, pero ¿tú estás bien?

—Esto también pasará, ¿no? Es lo que dices siempre.

—Que todo pasa, *fillo*, sí... todo pasa. *Nankurunaisa*.

—¿Eh?

—*Nankurunaisa* es una expresión japonesa que significa: con el tiempo se arregla todo.

—¿Tú crees, Celso? Porque empiezo a pensar que el tiempo no arregla ni cura nada, solo es un cabrón que intensifica el dolor. Lo hace más insoportable.

—«Siempre acabamos llegando a donde nos esperan». De la novela *El viaje del elefante*, de José Saramago. Un buen libro, te lo regalaré y lo propondré en el club de lectura. A veces, en esta vida, solo es necesario tropezar con alguien a quien termines considerando hogar. No es nada fácil, porque no es algo que se busque como quien busca las llaves de casa que no sabe dónde ha dejado. Se encuentra. Se encuentra en el momento más insospechado y cuando uno está preparado de verdad. Hay que estar abierto a la posibilidad. A que ocurra. Y entonces, la pena, aunque nunca se vaya del todo, la sentirás menos honda, más ligera, como un aprendizaje del pasado que te ha ayudado a crecer y a llegar al punto en el que al fin encuentras la paz. Aunque ahora te cueste verlo. Llegará, Yago, llegará… Créeme. Este viejo chismoso no siempre tiene razón, pero de pérdidas, penas y magia entiende un *pouco*.

*

Tiempo es lo que no tiene Valdetierra. El tiempo, para la inspectora, es el enemigo, un lujo que no puede permitirse.

Y tampoco paciencia. No, la paciencia nunca ha sido su fuerte. Tras echarle un vistazo al móvil de Héctor y no ver ningún mensaje relevante ni más últimas llamadas sospechosas, se ha unido a los agentes y se ha puesto a buscar la cabeza por el bosque. Y como la inspectora es mucho de hacer dos o tres cosas a la vez, también tiene su propio móvil pegado a la oreja realizando una llamada tras otra: a comisaría, al subinspector Martín, a Yago…

*

Horas más tarde de la reveladora visita de Yago a Celso en la librería, y después de una mañana tranquila en el cuartel, el agente Velázquez pega un brinco en la silla cuando el teléfono suena. Intercambia una mirada con Yago, que le insta a que conteste con un levantamiento de cejas, y Jorge obedece con un hilo de voz:

—Policía Local de Redes.

—Agente Velázquez, páseme con el agente Blanco.

—Ahora mismo, inspectora.

Yago traga saliva. Jorge, poco acostumbrado a que en el pueblo se derrame tanta sangre, le susurra:

—Mierda, otro cadáver, Yago, otro cadáver… —predice—. Estamos ante un asesino en serie, un psicópata… un loco, Yago, un loco en Redes, *carallo*.

—¿Inspectora? —toma las riendas Yago.

—Yago, piensa en todos los Esteban que viven en

Redes.

—¿Esteban?

—Hay dos Esteban, pero son mayores —interviene Jorge, elevando la voz para que la inspectora lo oiga desde el otro lado de la línea.

—Ya, pero el Esteban que busca, inspectora, es Esteban García —cae en la cuenta Yago—. Regenta la frutería que perteneció a sus padres junto a su hermana Maite. Íntimo amigo de Héctor, el camarero de A Pousada... Héctor no estará...

—¡Muerto, joder! Sí, Héctor también está muerto, ha tenido un accidente en un camino perdido de la mano de Dios y no encontramos la puta cabeza, la han separado del cuerpo con una sierra. Mira, Yago, hazme un favor. Encuentra a Esteban. Debe de ser el cuarto chico con un 116 tatuado. Eran cuatro, me lo ha dicho esta mañana la chica que les hizo el tatuaje en Ferrol. Esteban es el último que queda. Si es que sigue con vida... —duda Valdetierra antes de colgar la llamada.

—Vamos a la frutería —decide Yago.

—Sabes tan bien como yo que no vamos a encontrar a Esteban ahí.

—Pues si no lo encontramos ahí...

—*Cala, cala...* —sacude la cabeza Jorge, retirando las imágenes funestas que se le pasan por la cabeza tras ver el cadáver de Nuno la tarde anterior, emprendiendo el camino hasta la frutería, a dos calles del cuartel.

Cuando llegan, la hermana de Esteban, que está terminando de cobrar a una clienta, los mira asustada.

—Maite, ¿qué tal? —saluda Yago de la forma más natural posible.

—B-b-bien, Yago… —balbucea ella, insegura, y Yago se fija en cómo se retuerce las manos en el delantal—. ¿Pasa algo?

—¿Esteban anda por aquí?

—No. Es que no se encuentra bien. Gastroenteritis… —se excusa Maite, pero Yago sabe que no es verdad y que se le da fatal mentir. Maite les está ocultando que Esteban se está escondiendo del psicópata que ha matado a sus amigos y con los que comparte, Yago está convencido de ello, el 116 tatuado en el antebrazo. Lo que quizá no sepa su hermana es el por qué, elucubra Yago.

—¿Seguro, Maite? ¿Está en casa? —pregunta Yago, señalando el piso de arriba de la frutería, que es donde sabe que vive Esteban.

Maite parece estar librando una batalla interior entre si es mejor confesar la verdad o no. Porque está convencida de que todo lo que les puede contar esclarecería el motivo por el que han matado a Santi y a Nuno, a falta de que corra la noticia del accidente/asesinato de Héctor. Y por qué Esteban está escondido desde que se enteró del asesinato de Santi, pero Jorge interrumpe sus pensamientos preguntando:

—Maite, ¿tu hermano tiene tatuado un 116?

—Sí, en el antebrazo —confirma con voz temblorosa.

—¿Qué significa? —inquiere Yago, pero Maite se limita a encogerse de hombros.

—No sé... yo... no lo sé... cosas suyas...

—Mira, no queremos hacerte pasar un mal rato, Maite, pero es importante que nos cuentes lo que sabes...

—No está... Esteban no está en casa —reconoce Maite con la respiración agitada, visualizando a su hermano decir:

«—Maite, es importante. No le digas a nadie dónde estoy. A nadie, ¿oíste? Y mucho menos lo que hicimos».

Ahora Maite tiembla de arriba abajo con el recuerdo de la voz de su hermano, y, con la intención de salvarlo, decide quebrantar parte de la promesa que le hizo:

—Se ha ido a la casa de los fines de semana, la que está en Ares. Calle Playa de Estacas, número... número 27. Ahí... ahí es donde está Esteban.

*

Dieciséis horas antes en o camiño Pena Pico

El nombre de Esteban centelleó en la pantalla resquebrajada del móvil de Héctor cuando este ya había dejado de existir. La mano enfundada en un guante negro aceptó la llamada sin necesidad de contestar.

—¿Héctor? Héctor, ¿estás bien? ¿Te lo has quitado

de encima? ¡No se oye nada, joder, mierda de cobertura! Bueno, escucha, antes de que se corte. Ven conmigo, aquí estamos a salvo. En la casa de Ares, creo que viniste una vez. Calle Playa de Estacas, número 27. Te espero, ¿vale?

CAPÍTULO 19

—Voy para allá. ¡No entréis hasta que venga! —le ha advertido Valdetierra a Yago, en cuanto este le ha dado la dirección donde la hermana de Esteban les ha dicho que podrán localizarlo.

—¿Y qué hacemos mientras la esperamos? —pregunta Jorge, saliendo del coche patrulla lleno de polvo debido al camino de tierra que han recorrido hasta llegar a una calle con vistas a la ría de Betanzos que parece el fin del mundo—. Esta es capaz de montar un operativo y entrar en la casa con un pelotón armado. A ver si pillamos a Esteban echando un polvo en la guarida y nos lo cargamos de un infarto.

—La verja está entreabierta —murmura Yago, en el momento en que un trueno retumba sobre su cabeza quebrando el cielo. La lluvia empieza a arreciar cuando Yago echa un vistazo al exterior de la propiedad sin llegar a poner un pie dentro.

—¿Una frutería da para una casa aquí?

—Los padres de Esteban y Maite compraron la casa a mediados de los 90 con el dinero que les tocó en una primitiva. Me lo contó mi madre. No es una mansión, pero tiene buen terreno y está en buena zona.

—Ah. Eso no lo sabía yo.

—Veo el coche de Esteban —añade Yago, haciendo chirriar la verja al abrirla un poco más, observando el Audi de color azul marino que sabe que Esteban compró a principios de año. Pero, cuando está a punto de colarse ignorando las órdenes de Valdetierra, un coche negro como el alma de su propietaria pega un frenazo levantando polvo con las ruedas.

—Carreteras sin asfaltar, lluvia… Venga, ¿qué más? Me está quedando el coche hecho una mierda —maldice Valdetierra para sí misma y para quien la quiera escuchar, mientras baja del coche. Mira al agente Velázquez, a quien saluda con un gesto seco de cabeza, y seguidamente a Yago con… ¿vergüenza? ¿Timidez?

Quién te ha visto y quién te ve, Valdetierra… siempre vas hecha un pincel y es la primera vez que te presentas en público con la coleta deshecha, oliendo a sudor y a mierda dc vaca, tienes la camisa de seda rasgada y arrugada, y los pantalones negros cubiertos de polvo. El campo no está hecho para ti.

—Pensaba que había montado un operativo para venir hasta aquí, inspectora —dice Jorge.

—¿Y con qué excusa envío un operativo? A ver si te crees que estás en una película de Netflix, Velázquez, los recursos en A Coruña son limitados. —Valdetierra desenfunda el arma al ver que la verja frente a la cual se encuentra Yago está entreabierta—. Vamos. Agente Blanco, ¿ha descubierto si Esteban tiene el tatuaje? —pregunta con profesionalidad, como si su intento de confesión romántica en el coche no se hubiera dado jamás.

—Lo tiene, inspectora.

—Mmmm... La última persona con la que habló Héctor fue con Esteban.

—¿El accidente fue provocado?

—¿Tú qué crees? —mascula Valdetierra, pensando en la cabeza de Héctor que aún no han encontrado, mientras avanzan en dirección a la casa. La puerta de entrada está entreabierta como la verja que han dejado atrás. Qué detalle—. Quedaos fuera —les pide a los agentes cuando se plantan frente a la propiedad de ladrillo. La inspectora empuja la puerta y entra gritando—: ¡Esteban García! Poli...

Valdetierra enmudece. En sus quince años de carrera ha visto de todo, la crueldad del ser humano es inimaginable, ella lo sabe mejor que nadie, pero jamás se había enfrentado a algo como esto.

Esto, que es inhumano. De una crueldad indescriptible. Incomprensible. Insuperable. Una escena dantesca. Una locura a la que, por mucha experiencia que tengas, nadie te acostumbra.

La inspectora baja el arma antes de que se le resbale de las manos de la impresión. Dos cabezas sesgadas y sanguinolentas juntas, muy juntas, como si Héctor y Esteban pudieran seguir mirándose desde la muerte, la esperan encima de una mesa llena de sangre. Y en toda esa sangre derramada, la nota final trazada en letras mayúsculas:

NO DEBISTEIS HUIR

En el suelo, encima de una alfombra persa, el cuerpo mutilado de Esteban. Con él se ha ensañado. Torso sin cabeza separado del cuerpo. Parece un maniquí. Piernas cortadas. Pies cortados. Brazos cortados. Manos cortadas… y, en la palma de la mano derecha, un mechón de pelo rosa.

CAPÍTULO 20

Celso sonríe al ver a Zoe cruzar la puerta de la librería. Pero la sonrisa muta en un gesto de extrañeza, al reparar en que Zoe lleva las llaves de El escondite en la mano.

—Me voy, Celso —le dice con tristeza, dejando las llaves encima del mostrador. La semana en Redes con Mario no ha sido como ella imaginaba—. He venido a despedirme y a dejarte las llaves de la casa. Solo tengo un juego de llaves, el otro no lo encuentro, pero seguro que Mario lo dejó por casa.

—¿Ya te vas? ¿No te gusta el pueblo?

—Me encanta. Y Yago y tú sois muy buena gente, me ha gustado conoceros. Pero no sé nada de Mario, habrá vuelto a A Coruña y yo… bueno, tengo que volver a casa, a ver si está allí y puedo… no sé, hablar con él, saber qué pasa, por qué se ha ido así, sin decirme nada después de todo lo que hemos pasado.

—Comprendo.

Celso está a punto de decir algo trascendente, con la intención de hacerle ver a Zoe que ningún hombre que muestre el desprecio que sabe que Mario le ha mostrado merece sus lágrimas ni su perdón. Ni que vaya tras él para pedirle explicaciones. A la vista está de que él no tiene ningún interés. Pero el móvil suena, el librero se distrae, y, al ver que quien reclama su atención es Yago, contesta enseguida.

—Hola, Yago.

Zoe, al ver que quien llama al librero es Yago, siente un vuelco en el estómago.

—Celso...

—Yago, ¿por qué susurras?

—Ve a El escondite. Saca a Zoe de ahí.

—¿Por qué? ¿Qué pasa? —pregunta Celso, alarmado, clavando los ojos en Zoe, que se ha acercado a una estantería repleta de clásicos, en un intento de disimular y hacer ver que la conversación telefónica que mantiene con Yago no le interesa.

—Porque Valdetierra... la inspectora que lleva el asesinato de Santi, Nuno, Héctor y Esteban...

—Espera, espera... ¿A Héctor y a Esteban también los han matado? —pregunta Celso en el mismo tono susurrante que emplea el policía para que Zoe no lo oiga.

—Déjame hablar, no tengo mucho tiempo. Había un mechón de pelo rosa en el escenario del crimen.

Demasiado preparado, porque en los casos anteriores no dejó ni una sola huella. Pero la otra madrugada, cuando Zoe me esperaba en casa, la inspectora la vio, se fijó en el pelo rosa de Zoe, y me ha hecho preguntas. No me ha quedado otra que decirle que se aloja en la casa de Greta y ya lo está moviendo todo para pedir una orden de registro y los datos que Zoe le tuvo que enviar para hacer la reserva.

—*Meu Deus*. Pero ella...

—Claro que no ha sido ella, es imposible. Pero eso solo lo sabemos tú y yo. La inspectora está ofuscada, no ve más allá por... —«Celos. Los celos la matan», se calla—. Bueno, porque los de arriba están presionando, quieren un culpable, un sospechoso... lo quieren ya, para que la prensa deje de decir que no tienen nada ni los haga parecer unos inútiles. Yo sé que ha sido Mario, que se la ha jugado a Zoe, por eso ha desaparecido sin darle explicaciones, porque se los ha ido cargando uno a uno en tres días.

—¿Pero por qué ha hecho algo así? Es demasiado... *Meu Deus*, Yago, no entiendo nada. Eran buenos chicos.

—No lo sé, joder. No lo sé. Yo tampoco lo entiendo.

—No hace falta que vaya a El escondite, Yago. Zoe está aquí, en la librería.

—Llévala a tu casa. Escóndela ahí, que no lo sepa nadie. Iré en cuanto pueda.

—Agente Blanco —oye Celso que una mujer lo llama

con autoridad. Debe de ser esa inspectora de la que Yago le ha hablado con cierto temor, deduce Celso—. ¿Con quién habla?

—Bueno, tía, espero que no sea nada —disimula Yago—. Me pasaré a verla cuando pueda, adiós.

Cuando Celso cuelga la llamada y se enfrenta a la mirada aparentemente inocente de Zoe, son cientos de cosas las que se le pasan por la cabeza. ¿Y si de verdad ha sido ella? ¿Y si está delante de una asesina despiadada y sin corazón? ¿Y si las apariencias, una vez más, engañan, y Yago está equivocado solo porque la chica le hace gracia?

—¿Pasa algo, Celso?

—Era Yago.

—Lo sé —sonríe Zoe, y por esa sonrisa Celso vuelve a cambiar de opinión.

No, esta chica no ha podido cometer cuatro crímenes. Esta chica menuda de ojos tristes sería incapaz de matar una mosca. Es imposible que haya podido acabar con la vida de cuatro chicos mucho más altos que ella, más fuertes.

«Imposible», se graba en la cabeza.

—Estás al corriente de lo que está pasando... unos crímenes horribles. —Zoe asiente sin entender, al tiempo que Celso dirige la mirada a la puerta de cristal con urgencia—. Han aparecido dos chicos más y... No sé cómo decirte esto, Zoe, pero Yago cree que ha sido

Mario.

—¿Mario? ¿Por qué?

—En la escena del crimen han encontrado un mechón de pelo. Rosa —puntualiza, escudriñando la expresión cada vez más confusa de Zoe—. Aquí no hay nadie con el pelo rosa, y tengo que… van a ir a El Escondite, van a registrar la casa, van a por ti.

—¿A por mí? Yo no he hecho nada, Celso, tienes que creerme —dice Zoe alarmada.

—Lo sé, y Yago también lo sabe, así que me ha pedido que te lleve a mi casa. Que te esconda ahí hasta que él venga.

—Pero yo me tengo que ir a A Coruña a buscar a… —Zoe se lleva las manos a la cabeza y el nudo que se le instala en la garganta termina emergiendo en forma de lágrimas. Aún, pese a todo, sigue con la idea de volver a A Coruña para hablar con Mario, sin creer todavía que pueda ser un asesino, se lamenta Celso—. No, Mario no ha hecho nada de eso, Celso. No puede ser, él no… —sigue negando Zoe con la voz cada vez más apagada.

El librero se encoge de hombros. La mira con compasión. El dolor que muestra y la confusión que le ha desencajado el rostro, no pueden ser fingidos.

¿Hasta qué punto conocemos a la persona con la que decidimos compartir la vida?

—Lo único que sé es que estás en el punto de mira, Zoe —trata de hacerla entender, con toda la calma de la que es capaz—. Que, para la inspectora que está llevando a cabo la investigación y que te vio la otra madrugada, cuando fuiste a casa de Yago, eres la principal sospechosa.

—Ya... Valdetierra.

—¿Cómo sabes que se llama así? —se sorprende el librero.

CAPÍTULO 21

Por más que Yago intente hacerle entrar en razón, Valdetierra sigue con el convencimiento de que la chica del pelo rosa *que le sonó de algo pero no sabe de qué, estaba muy oscuro, apenas pudo verla bien a través de la ventanilla del coche...*, está implicada en los cuatro asesinatos. Ese mechón de pelo rosa, ¡rosa!, le ha gritado a Yago, igual que la chica que te estás follando, ha añadido con desdén, no está ahí por casualidad, ha espetado, señalando el interior de la casa con las cabezas de Héctor y Esteban encima de la mesa y el cuerpo mutilado del último sobre la alfombra. Ese mechón de pelo rosa arrancado desde la raíz en la mano de Esteban, indica que hubo lucha previa al crimen.   Ahora,   la casa de Ares con vistas a la ría de Betanzos está llena de gente sacando muestras, fotos, huellas... Los de la Científica están tan impresionados como la inspectora, pese a haber trabajado en escenarios dignos de película gore de terror.

—Se ha debido de confiar. Se habrá despistado, habrá salido con prisas… Quién sabe. Esta vez le ha salido el tiro por la culata —se excusa Valdetierra, sin dignarse a mirar a Yago.

—Ni una sola huella en los otros escenarios y aquí, qué casualidad, un mechón de pelo rosa arrancado de raíz, algo muy característico de Zoe para que vayas a por la persona equivocada. Ella no ha podido hacer algo así. Joder, Ana, blanco y en botella, alguien muy próximo le ha arrancado el mechón con anterioridad, y lo ha dejado en la mano de la víctima para que vayáis a por ella. ¡Se ve claramente!

—Menos confianzas conmigo, agente Blanco —le advierte Valdetierra entre dientes.

—Inspectora… —irrumpe Anselmo, calado hasta los huesos por la lluvia que ni Valdetierra ni Yago parecen notar—. La propietaria de El Escondite de Greta nos ha facilitado los datos de la reserva de la chica. La orden de registro está al caer dada la urgencia, pero tenemos el permiso de Greta Leister para registrar la casa. Dice que Celso Mugardos, el librero de Redes, tiene una copia de las llaves, que podemos ir a buscarlas a la librería y entrar, que no hay problema, pero que por favor no forcemos la puerta ni desordenemos mucho…

—Ya, lo de siempre.

Y encima Greta les pone las cosas fáciles desde la distancia, se lamenta internamente Yago, esperando que Celso haya escondido a Zoe en su casa, tal y como le ha pedido hace unos minutos por teléfono.

—Prefiero esperar a que llegue la orden, no quiero problemas —murmura Valdetierra, con la mirada fija en la Tablet que le ha dado Anselmo. Yago, atento a cada uno de sus movimientos, observa a la inspectora toquetear la pantalla táctil con gesto serio, su dedo índice va de arriba abajo, de abajo arriba… hasta que llega a la copia del DNI con el que verificó su identidad con el fin de alquilar la propiedad de Greta en Airbnb—. No puede ser. —Valdetierra levanta la cabeza y sus ojos se encuentran con los de Yago—. ¿Has dicho que se llama Zoe? ¿Que la chica del pelo rosa que te esperaba en casa se llama Zoe?

—Sí.

—¡No se llama Zoe, Yago! Es Valentina Cortés. ¡Y es una jodida psicópata, joder!

CAPÍTULO 22

Yago aparca el coche patrulla en la praza do Pedregal, al lado de la moto de Zoe, porque para él siempre será Zoe y no Valentina, la psicópata que Valdetierra le ha asegurado que es, para, seguidamente, darle la espalda y empezar a dar órdenes, dejándolo con mil preguntas sin respuesta. A estas alturas, ya habrá conseguido la orden de registro y no tardará en acercase al Escondite de Greta para cotejar muestras y revolver las posesiones que haya podido llevar Zoe, si es que se ha dejado algo allí. Ahora Yago sufre por Celso, no vaya a ser que la inspectora tenga razón y no sea la buena chica que creyó que es, aunque hay algo en él que sigue negando lo que parece una evidencia. Porque la chica del pelo rosa no puede ser una asesina. No, ella no.

—Voy a la frutería a hablar con Maite. No sé cómo voy a darle la noticia de que Esteban también... —empieza a decir el agente Velázquez, pero Yago ya ha salido del coche y corre en dirección a la librería.

El ritmo cardíaco de Yago vuelve a la normalidad cuando ve a Celso detrás del mostrador. Todo parece normal.

—Celso —saluda Yago con alivio—. ¿Estás bien?

—*Eu?* ¿Por qué no iba a estarlo? He hecho lo que me has pedido. Zoe está a salvo. Vas a buscarla o…

—No se llama Zoe. Se llama Valentina Cortés y, según la inspectora, es una psicópata —le corta Yago sin aliento, sacando su móvil del bolsillo. Introduce «Valentina Cortés» en el buscador de Google.

—Anda ya. Que va a ser una psicópata esa rapaza, si es más buena que el pan. Se ha quedado en el salón llorando, si la hubieras visto llorar… se te parte el alma. No ha entendido nada de lo que he intentado decirle, quizá tú podrías explicarte mejor, porque lo que es yo… tampoco entiendo nada.

El librero se calla de golpe, lamentando que Yago, como la mayoría de los jóvenes, deje de prestarle atención para centrarla en el móvil, haciendo vete a saber qué. Pero Yago necesita respuestas y las necesita ya: de Valentina Cortés hay poca información en internet. Solo aparecen algunas fotografías y no proceden de ninguna red social, sino del periódico El Correo Gallego, y son de un día concreto: el funeral de sus padres, unas eminencias en A Coruña, por lo visto. Yago no tenía ni idea. En las fotos, Zoe aparece distinta, con el cabello color miel recogido en un moño bajo, la tez pálida, ojerosa y demacrada, vestida de riguroso luto. Esquiva con el objetivo de la cámara, no hay ninguna foto en la que aparezca mirando de frente. El titular, con fecha del 26 de marzo de 2015, dice así:

Luto en A Coruña por el fallecimiento del matrimonio Cortés en el vuelo GWI9525 de la compañía Germanwings

Conmoción en A Coruña por la muerte de Alejandro Cortés y su mujer Amanda Arteixo en el accidente aéreo del martes en los Alpes franceses. Según ha podido saber El Correo Gallego, el matrimonio, conocidos propietarios del imperio hotelero Cortés Hoteles que ha dado trabajo a más de quinientas personas en toda Galicia y que ahora heredará Valentina Cortés, su única hija, acudían habitualmente al país germano por cuestiones laborales.

—A ver, Yago, ¿me estás escuchando?

—No. Qué —contesta Yago, seco, distante, sintiendo que todo esto se le queda grande y que se le ha pegado el mal humor y el histerismo de Valdetierra.

—Ten, las llaves de mi casa, antes de que venga esa inspectora con la orden judicial a pedirme las llaves de El Escondite. Saca a Zoe, a Valentina o como se llame de ahí. Yo creo en ella, Yago. Tengo un pálpito y creo en ella. Le han tendido una trampa y su nombre es lo de menos. ¿Y tú? ¿La vas a ayudar a salir de este lío?

Yago vuelve a guardar el móvil en el bolsillo.

—No. Si no me dice la verdad, no la voy a ayudar. Que entre los Valdetierra y los Cortés, esto parece un puto culebrón, hostias —espeta Yago, cogiendo las llaves que Celso le da, sin entender a qué viene eso de los Valdetierra, los Cortés y el culebrón, sin repetir en su mente la palabra *puto*, que el librero, salvo *carallo*, no suele blasfemar ni en pensamientos.

*

La casa del librero es pequeña y austera, pero tiene unas bonitas vistas al mar y las paredes repletas de libros. Aquí hay tantos sueños impresos que las estanterías que recubren la mayoría de paredes se han quedado sin un hueco libre, pero Celso nunca renuncia a un libro, así que hay varios colocados en pilas en precario equilibrio en el suelo. Y huele como la librería de Redes: a papel ancestral, a polvo y magia.

Cuando Yago entra, ve a Zoe de espaldas frente a la ventana del salón. El agua lo tamiza todo. Está tan ensimismada contemplando la lluvia y los nubarrones violáceos que avisan que la noche está al caer, que no se da cuenta de la presencia del policía.

Yago traga saliva y se sitúa a su lado.

—Valentina Cortés.

Ella sonríe sin ganas.

—Debería volver a presentarme. Pero para ti me

gustaría seguir siendo Zoe. Valentina murió el día en el que mis padres se subieron a aquel avión, el que se estrelló en los Alpes franceses.

—Estoy al corriente. Y tu nombre me da igual. Pero eres sospechosa de cuatro asesinatos. Cuatro asesinatos muy macabros. Violentos. Cuatro chicos jóvenes del pueblo sin enemigos, sin deudas pendientes, sin una sola multa, joder. Con algo en común, eso sí: un tatuaje en el antebrazo izquierdo. 116. ¿Te suena? —Zoe niega con la cabeza, la mirada al frente, como si estuviera ausente—. Solo dime si debo ayudarte o no. Si has sido tú o sospechas que haya podido ser... Mario...

—Ha podido ser él —confirma Zoe, al fin, y eso es lo que Yago quería escuchar—. Tendría sentido, ¿no? Diez años durmiendo con un extraño, aunque nos conocimos en un lugar bastante conflictivo que ya debió de darme alguna pista de lo que me esperaba... Mario me trajo aquí para tratarme con la misma indiferencia que estos últimos meses, para luego desaparecer llevándose toda su ropa con él, hasta el casco y sin la moto, que he dejado aparcada en la plaza.

—La he visto.

—Que yo viniera aquí ha sido su forma de hacerme parecer culpable, ¿no? Pero ¿cómo demuestro que soy inocente? —sigue diciendo Zoe—. Debió de arrancarme un mechón de pelo mientras dormía, no le encuentro otra explicación. Mira, Yago, yo... llevo meses medicándome contra la depresión. Siempre me duele la cabeza, sufro una migraña insoportable desde el accidente, sé que Celso te lo ha contado... y no sé qué ha podido pasar ni qué relación tiene Mario con esos chicos. No lo sé, te juro que no lo sé, ni por qué me quiere tan mal después de todo lo que hemos pasado y no... es que no entiendo nada. Tienes que creerme, Yago... tienes que...

Zoe no puede pronunciar una palabra más. La voz se le quiebra, las lágrimas vuelven a asaltarla, y termina desmoronándose. Lo que Celso le ha dicho a Yago es cierto: verla llorar te parte el alma. El policía siente el impulso de abrazarla. Hoy es él quien la envuelve entre sus brazos para intentar aliviar su dolor, mientras ella los mantiene rígidos a ambos lados de su cuerpo. Aun sin conocerla y aunque la experiencia le ha enseñado que alguien que ha estado a tu lado durante años también puede convertirse en un extraño de la noche a la mañana, Yago confía. Confía en ella y en el pálpito de Celso. Zoe es inocente. Mario la ha traído hasta aquí para jugársela, haciendo algo tan cutre como arrancarle un mechón de pelo y dejarlo en la que deduce que era su última víctima: Esteban. Pero hay que descubrir qué tenía Mario contra Santi, Nuno, Héctor y Esteban. La clave puede estar en ese 116 tatuado en el antebrazo izquierdo de todos, cuyo significado parece que solo conocieran ellos. Los muertos. Los que ya no pueden hablar.

CAPÍTULO 23

Parece que el pobre Anselmo, poco acostumbrado a pasar tantas horas con Valdetierra, vaya a sacar el hígado por la boca cuando llegan a El Escondite. Es Celso quien les abre la casa de Greta tras ver la orden judicial. Valdetierra al mando, acompañada de un pelotón de agentes para registrar hasta el último recoveco, imponen al librero, que decide quedarse fuera, resguardado de la lluvia con un paraguas. Cuántos recuerdos invaden ahora su pensamiento… Ajeno a todo el revuelo que impera en el interior de la casa, Celso se encierra en su propio mundo en un lugar que ya de por sí encerró a demasiadas personas durante años.

—¿Qué hay en la caseta del jardín? —irrumpe Valdetierra con esa agresividad tan suya, enfocando al librero con una linterna, mientras los agentes se han centrado en registrar únicamente el interior de la propiedad.

Celso sabe que la inspectora se refiere a la caseta de madera pintada de rojo que hay en el jardín, lo único que no se quemó cuando Greta prendió fuego a la casa construida por Leo Artes. Es la misma caseta con la pintura desconchada en la que el cantante se pasaba horas componiendo, arrastrando sus traumas, batallando con ese ser malo, dañino, que habitaba en su interior y tenía el nombre de un fantasma...

—¿Puede dejar de enfocarme con la linterna, por favor? —le pide Celso.

—Perdone.

—Mire, no sé lo que hay. Antes era un estudio... el estudio del cantante Leo Artes, no sé si le suena, inspectora Valdetierra, pero ahora... bueno, ahora imagino que habrá herramientas de jardín o nada. Puede que no haya nada.

—O nada... Ya.

Valdetierra desaparece de la vista del librero, rodea la casa y se planta frente a la caseta, percatándose de que el candado que cerraba la puerta está reventado. La inspectora se adentra en la vieja caseta con olor a humedad y a madera podrida. Lo primero que el haz de la linterna enfoca, es una bolsa de deporte negra en el estante más alto, pero no por ello menos visible. Extiende el brazo para alcanzar la bolsa, que cae estrepitosamente al suelo de cemento provocando una nube de polvo, y, sin más dilación, abre la cremallera. Una vez más, el instinto de la inspectora ha acertado. En su interior encuentra un cable de acero de un diámetro aproximado de tres milímetros como especificó el forense, con restos de piel y de sangre, y una pequeña sierra también con sangre seca en la hoja. El ADN de cuatro víctimas ¿inocentes? en los dos objetos empleados por su supuesta asesina.

—*Voilà* —murmura, esbozando una sonrisa triunfal, esperando que Anselmo le dé buenas noticias al salir de la caseta y ya tengan a su disposición la orden de busca y captura contra Valentina Cortés.

CAPÍTULO 24

Maite, la hermana de Esteban, ha desembuchado cuando el agente Velázquez ha ido a la frutería a darle la fatídica noticia. Y lo ha hecho después de caer al suelo y padecer un ataque de ansiedad que casi la deja sin oxígeno, fruto de la pena por el asesinato de su hermano, de la rabia contra quien haya sido y de la negación, sintiéndose culpable por no haber hablado antes. Por no haber convencido a Esteban y al resto de hacer lo correcto, aunque fuera tarde. Porque por sus actos, ahora están muertos. No, no debieron huir. Jamás debieron huir... Pero lo hicieron. Para según qué decisiones, no se puede volar atrás en el tiempo. Y alguien se ha encargado de hacer justicia de la peor de las maneras.

—Inspectora Val...

—Ahora no, agente Velázquez.

—Es importante.

—¡Esto es más importante! —le grita Valdetierra,

levantando la bolsa de deporte que contiene el material que acabó con las vidas de Santi, Nuno, Héctor y Esteban.

—¡Sé por qué han matado a los cuatro chicos! —levanta la voz Jorge, frenando en seco a la inspectora que lo mira, ahora sí, dedicándole toda su atención.

*

La noche en la que llegó la oscuridad
Tres meses antes

—¡Está muerto! —clamó Héctor, llevándose las manos a la cabeza.

Para Esteban, paralizado en el asiento del conductor, sus tres amigos eran siluetas difusas en la noche que se movían con nerviosismo, hasta que atinó a encender las luces. Comprobó con alivio que arrancaba, que el motor no se había visto afectado por la colisión, y pensó que lo más acertado, aunque estuviera mal, era huir. Fue una decisión precipitada fruto de la desesperación. Porque no pasaría nada, ¿no? Nadie los había visto. La carretera estaba oscura, nadie tenía por qué saber que ellos habían pasado por ahí. Además, no había un alma, e ir a 116 kilómetros por hora en una carretera cuyo límite de velocidad era 60, tendría consecuencias. Las culpas recaerían sobre él. El conductor.

Sacó una linterna de la guantera. Salió temblando de

arriba abajo. Mientras Santi, Nuno y Héctor miraban en dirección al pozo negro que era el desnivel por el que había caído el motorista, Esteban enfocaba con la linterna la carretera. Milagrosamente, no había dejado ninguna marca de frenado, y eso era lo que, egoístamente, más le importaba en ese momento. Más, incluso, que haber matado a alguien.

—*Que fizemos…* —siseó Nuno en portugués, pálido como los destellos de la luna, cuando Esteban dirigió el haz de la linterna hacia abajo. Lo primero que vieron fue la moto convertida en un amasijo de hierros. Luego, el cuerpo del motorista seccionado por el guardarraíl. Cuando alcanzaron a ver el casco con la cabeza separada del cuerpo atrapada dentro, a los cuatro se les congeló la sangre.

—Esteban, ¿el coche arranca? —Esteban adivinó el pensamiento de Santi, el mecánico, que era el mismo que el de él, y asintió con la cabeza—. Ese golpe lo arreglo esta misma madrugada en el taller. Vámonos.

—¿Pero cómo vamos a irnos, joder? —espetó Héctor con el horror marcado en el rostro—. Hay que llamar a emergencias, hay que…

—*Non podemos facer nada! Está morto!* ¡Esta puta mierda le ha arrancado la cabeza! —enloqueció Santi, dándole una patada al viejo quitamiedos partido en dos, un arma letal capaz de despedazarte.

—Santi tiene razón, Héctor. No podemos hacer nada

por él y tendríamos problemas —convino Esteban fríamente.

Esteban agarró con fuerza a Héctor hasta conseguir arrastrarlo a la parte trasera del coche donde, muy a su pesar, se sentó junto a Nuno, que se había quedado sin habla.

Santi se acomodó en el asiento del copiloto con determinación. Esteban le dedicó una mirada de soslayo e inspiró hondo agradecido por no haber corrido la misma mala suerte que el motorista, a quien no ponían cara ni nombre, pero eso no lo hacía más fácil. Ese hombre, fuera quien fuera, nunca llegaría a casa. Al lugar donde lo esperaban. Porque seguro que alguien lo esperaba. Y había sido por su culpa. Esa madrugada cambiaría a los cuatro amigos hasta el punto de tener la necesidad de grabarla en la piel. Un 116 tatuado. La velocidad a la que iban cuando se cruzaron con el motorista. Eso dijo Esteban, que iban a 116 por hora, y no le llevaron la contraria.

El Audi de Esteban arrancó, devolviéndole a la noche un poco de la vida que se había perdido en ese punto de la carretera. Recondujo el volante con manos temblorosas, el volante que jamás debería haber girado *sin querer*, invadiendo el carril contrario y aplastando una vida. Seguidamente, pisó el acelerador y la furtividad de la noche los engulló. O eso creyeron: que la noche hizo que se evaporaran como si nunca hubieran pasado por ahí. Porque la espesa neblina y las prisas por huir, les impidieron ver la moto que iba detrás de la moto a la que arrollaron. Alguien los vio. Y memorizó la matrícula del coche pese a los nervios y el dolor. Alguien que enloquecería hasta el punto de encontrarlos, planear muy bien la jugada, y, tres meses más tarde, acabar con cada uno de ellos haciéndolos pedacitos y dejándoles un último mensaje:

NO DEBISTEIS HUIR

CAPÍTULO 25

Quién iba a decirte, Zoe, que lo que tenía que ser una semana de paz y desconexión en un entorno idílico, ha acabado siendo un infierno. Una pesadilla más en tu vida de la que eres incapaz de despertar. Qué pena. De verdad, qué pena. Proceder de una buena familia no te garantiza un futuro seguro y mucho menos feliz, lo sabes mejor que nadie.

Yago suele aparcar en la calle, pero hoy, con Zoe escondida en el maletero en posición fetal, deja el coche en el garaje que comunica con la casa sin necesidad de salir al exterior. Es medianoche cuando Yago abre el maletero y ayuda a Zoe a salir. Tiene los músculos entumecidos, pero no le importa. Parece haber perdido la capacidad de sentir dolor físico. Porque el dolor que siente en el alma, no es la primera vez que le pasa, es tan fuerte e intenso que obnubila el resto de sentidos.

—¿Tienes hambre? No tengo la nevera muy llena,

pero seguro que nos apañamos.

—Solo quiero dormir, Yago. Quiero dejar de pensar. Pensar que Mario ha podido matar a cuatro hombres, pensar que ha querido incriminarme, que...

—No llores, por favor. Todo se arreglará. Voy a llamar a la inspectora, le voy a contar que...

—No, Yago. Ana me odia y siento no haberte dicho que nos conocíamos. Nuestros padres eran muy amigos. Imagínate, familias influyentes en una ciudad como A Coruña donde todos se conocen. Siempre me ha parecido una mafia.

Yago no le ha contado que cuando Valdetierra ha visto su DNI entre la documentación que les ha facilitado Greta desde Francia, dijo de ella que era una psicópata. Una palabra muy fuerte que no puede decirse a la ligera, opina Yago. Pero no sabe cómo abordarlo con Zoe para descubrir por qué la inspectora piensa algo tan grave de ella. Su apariencia y su forma de ser no cuadra con la de una psicópata. Yago tiene las preguntas en la punta de la lengua, pero, por el momento, no va a poder formularlas. El sonido del timbre les indica que hay alguien esperando al otro lado de la puerta. Ese alguien, a estas horas de la noche, solo puede ser la persona de la que están hablando. Zoe no reacciona, se queda paralizada. Es Yago quien la agarra del antebrazo, la conduce por el pasillo con celeridad, y abre la última puerta, la que conduce a la habitación que fue de Elsa y que conserva algunas de sus pertenencias, como las fotos enganchadas con chinchetas en un tablero de corcho que muestra los momentos más felices de su vida.

—Quédate aquí. No salgas ni hagas ruido —le pide Yago, quien, nada más cerrar la puerta, se quita la camisa del uniforme y se revuelve un poco el pelo aparentando que el sonido del timbre, que vuelve a sonar con insistencia, lo ha arrancado del sueño.

Yago resulta convincente cuando, con ojos aparentemente somnolientos, abre la puerta, enfrentándose a la dura mirada de Valdetierra, quien, al verlo desnudo de cintura para arriba, no puede evitar sonrojarse. (Ay, los recuerdos, inspectora, que van por libres...). Por suerte para ella, el sofoco le dura poco y logra recomponerse pidiéndole con altivez:

—¿Puedes ponerte una camiseta?

—Me he quedado frito en el sofá. Es que no son horas de visitar a nadie, inspectora...

—¿Dónde la tienes? —inquiere Valdetierra, pasando por su lado y dando un paso al frente.

—¿A quién? —disimula Yago, escabulléndose por el pasillo para pillar la primera camiseta que encuentra tirada encima de su cama, y ponérsela mientras vuelve a situarse delante de Valdetierra.

—A Valentina Cortés.

—Ah. Zoe. ¿No estaba en El Escondite?

—Yago... —Valdetierra suelta un suspiro y tensa la

mandíbula—. Sabes perfectamente que no estaba ahí. No me hagas registrar tu casa.

—¿Traes una orden? No tienes ningún derecho.

—¿Y por qué me lo vas a impedir? Si no tienes a Valentina aquí escondida, no te importará enseñarme la casa. Muy bonita, por cierto. Pequeña, acogedora… —murmura, mirando a su alrededor—. Tiene un toque femenino muy vintage. Me gusta.

Yago le dedica una breve sonrisa de medio lado. Valdetierra vuelve al ataque, y lo hace despacio, marcando el ritmo de sus palabras para causar mayor impacto:

—Puedes estar cometiendo un delito. Obstrucción a la justicia. No tengo orden para registrar tu casa, pero sí una orden de búsqueda y captura contra Valentina.

«Valentina… qué raro se me hace que en realidad se llame así», piensa Yago.

—Ya, pero no estoy obstruyendo a la justicia. Te digo que estaba durmiendo y que no veo a Valentina desde hace horas.

—¿Durmió en tu casa?

—No tengo que darte explicaciones, Ana…

—No tienes ni idea de quién es, Yago. No te puedes hacer una idea de la persona por la que estás dando la cara y por la que puedes tener muchos problemas —sigue sin creerlo la inspectora, cruzándose de brazos en una actitud claramente desafiante.

—Pues cuéntame tú quién es Valentina, ya que pareces

conocerla tan bien. Ese mechón rosa no estaba ahí porque al asesino le entró prisa por huir o se confió después de no haber dejado ni una sola huella en el resto de escenarios. La dejó ahí intencionadamente, manipuló la escena de su último crimen para que le cargarais las culpas a la persona incorrecta.

—Hemos encontrado la sierra y el cable de acero empleados en los cuatro crímenes en el interior de una bolsa de deporte. Y adivina dónde estaba... En la caseta que hay en el jardín trasero de la casa que Valentina alquiló esta semana. Precisamente la semana en la que esos cuatro chicos han sido asesinados a una velocidad de vértigo que nos ha dejado noqueados... Aparecerán sus huellas, porque, hasta donde yo sé, estos días ahí solo ha estado Valentina, así que ya estamos trabajando para encontrar coincidencias.

—Y su novio. También ha estado su novio. Se llama Mario.

—¿Pero qué dices, Yago?

—Zoe... —Yago sacude la cabeza, rectifica—: Valentina llegó a Redes el lunes. Con Mario, su novio, y él, qué casualidad, después de matar a esos hombres, porque pongo la mano en el fuego a que ha sido él, ha desaparecido, haciéndola parecer culpable. Le ha tendido una trampa, así de claro. Él le arrancó el mechón de pelo, seguramente mientras dormía. Fue Mario quien dejó la bolsa de deporte en la caseta. Y que haya huido así, tan de repente y sin decirle nada a su novia, me hace sospechar que ha tenido algo que ver. Esperaba más de ti, Ana. Es disparatado que pienses que ha sido ella.

Valdetierra endurece el gesto y escudriña a Yago con atención.

¿Le está tomando el pelo o está hablando en serio? ¿Cree que es idiota?

—¿Me invitas a una taza de café?

—Me gustaría seguir durmiendo —miente Yago, señalando la puerta e instándola a salir de su casa. Pero la inspectora, tras un par de segundos de silencio y un resoplido nervioso, suelta la bomba que explota en la cara de Yago:

—Mario, el novio de Valentina, no pudo venir a Redes con ella. Porque está muerto, Yago. Mario Varela murió en un accidente de moto la madrugada del diecinueve de febrero, y ahora, gracias a la confesión de la hermana de Esteban, sabemos que él conducía el coche que lo arrolló. Santi, Nuno y Héctor lo acompañaban, volvían de una fiesta. Se enteraron de la identidad del motorista días más tarde. Mario Varela —recalca Valdetierra—. Esteban iba muy rápido, invadió el carril contrario y sacaron a Mario de la carretera... acabó hecho pedazos, ya sabes el daño que hacen los quitamiedos. Seguidamente, huyeron sin decir nada, de ahí el mensaje: «No debisteis huir». Ahí tienes el motivo que ha empujado a Valentina a venir hasta aquí para cometer estos crímenes. El móvil es, claramente, la venganza.

—No puede ser.

La realidad golpea a Yago como un tren de carga.

—Tú no conoces a Valentina. Te dije que era una psicópata. No lo dije por decir. Lo es de verdad. Y no pienses que es por celos al haberla visto la otra madrugada. No tiene nada que ver con... conmigo. Ni contigo. Sería poco profesional.

»Sus padres no sabían qué hacer con ella. Varios psicólogos la trataron sin éxito. Llegaron a la conclusión de que carecía de empatía. Pensamientos siniestros, demasiado turbios para una niña pequeña. Y todo desde que su mejor amiga murió en extrañas circunstancias con solo diez años en una excursión que hicieron con el colegio al Monte Pindo. Cayó al vacío. Valentina estaba con ella y no pudo contar qué ocurrió, lo que provocó que la gente especulara y desconfiara de ella. Se pasó meses sin hablar, pero la mayoría, profesores incluidos, pensaron que podía haberla empujado... No pudieron demostrarlo. A los quince, empezó a beber sin control y a tomar drogas. A juntarse con gente conflictiva, rara. Desaparecía durante días. Dormía en la calle. Una joya de chica, vaya... Fue entonces cuando los padres la internaron en un centro elitista de Santiago en el que, por muy hijos de ricos que fueran, eran la peor calaña que puedas imaginar. Ahí conoció a Mario, empezaron a salir muy jóvenes, con dieciséis o diecisiete años. Y no sé más.

Hace siete años que no veo a Valentina, desde el funeral de sus padres. Estaba afectada, claro, supongo que hasta los psicópatas tienen un poco de corazón, pero poco después tiró la herencia por la borda. Vendió el imperio por el que tanto se habían sacrificado sus padres y abrió la empresa que Mario quería, una en la que montan escenarios para conciertos que nunca ha funcionado bien.

—Pero Mario... —Yago la pifia al mirar instintivamente hacia el pasillo—. Parecía real. Parecía existir de verdad. Como si Zoe de veras lo viera y hablara con él.

Valdetierra se encoge de hombros.

—¿Tú lo has visto? ¿Alguien lo ha visto? No, ¿verdad? Puede haber desarrollado una enfermedad mental tras su muerte. Es poco frecuente pero no imposible cuando sufres un trauma, y Valentina ha padecido varios a lo largo de su vida, incluido el de la pérdida del bebé que esperaba horas después de que le comunicaran la muerte de Mario. Yo lo sé porque me lo contó mi madre, pero no le presté mucha atención. A lo mejor su mente la engaña, no ha aceptado la muerte de su novio, y lo visualiza como si continuara vivo. Hasta es posible que ella misma se arrancara el mechón de pelo y lo dejara en la casa de Esteban para luego montarse toda esta película y hacerse la víctima. Sería plausible.

—No... no puede haber sido ella, Ana —sigue negando Yago pese a todo—. No mide más de metro sesenta, es muy menuda, no tenía nada que hacer contra cuatro tipos que le sacan tres cabezas, joder. Y dijiste que la altura del sospechoso estaba entre metro sesenta y ocho y metro setenta y tres, lo recuerdo bien. No encaja en el perfil.

—Es posible que el forense errara en unos cuantos centímetros —le resta importancia Valdetierra, barriendo el aire con la mano como si espantara una mosca—. Si no ha hecho nada, si no tiene nada que ocultar, ¿por qué se esconde, eh? ¿Por qué no da la cara y me cuenta su verdad? Porque ha sido ella, Yago. Ahora, dime, ¿dónde la tienes escondida? —pregunta, sacando unas esposas y mirando hacia el pasillo que antes ha mirado Yago, que se percata de que Valdetierra no ha venido sola. Hay un coche policial aparcado detrás del suyo que acaba de encender las luces delanteras, lo ve a través de la ventana.

Yago, totalmente derrotado, fija la mirada al suelo y se aparta, permitiendo que Valdetierra cruce el pasillo y se ponga a abrir todas las puertas que encuentra a su paso hasta llegar a la última. A la habitación de Elsa, donde espera que esté Valentina. Pero, al abrir, la inspectora se encuentra con una habitación vacía y la cortina de la ventana ondeando al viento.

CAPÍTULO 26

No, es imposible. No. Mario no puede estar muerto. Mario no ha muerto en ningún accidente de moto, pero ¿qué invenciones son esas? Zoe recuerda el instante en que lo vio a los pies de la cama del hospital. Estaba roto de dolor. Tenía los ojos rojos e hinchados de tanto llorar. Le dedicó una mirada perdida entre las tinieblas de la pena, una pena que se multiplicó cuando ella le preguntó sin fuerzas y con un dolor insoportable en el bajo vientre, en los huesos, en la cabeza, en el alma:

—¿Qué hago aquí, Mario? ¿Qué ha pasado?

Y él, tras unos segundos que parecieron de confusión pero a saber qué se le estaba pasando por la cabeza, contestó con un hilo de voz:

—Has perdido el bebé...

Los alaridos de Zoe llenaron toda la planta del hospital.

—¡No! ¡No, no, no, no!

Entraron varias enfermeras, sí, esas enfermeras vieron a Mario, lo apartaron de la cama con prisas, como si fuera una urgencia de vida o muerte, le dijeron que esperara fuera, y él salió al pasillo sin dejar de mirarla… Una mirada turbia, distinta a la de siempre. Parecía agotado, más consumido, como si hubiera adelgazado cinco kilos de golpe, pero Zoe pensó que era por la tristeza, que se le había metido tan honda en el alma, que hasta había cambiado la luz de sus ojos. Así pues, Zoe había visto a las enfermeras hablando con Mario. ¡Existía! ¡Mario seguía existiendo! Esas enfermeras podían decírselo a la inspectora.

«¿Por qué Ana le ha dicho a Yago que Mario está muerto? No lo está. Él condujo la moto desde A Coruña. Y yo tenía la cabeza apoyada en su espalda. Una espalda sólida, fuerte, real. No era una visión. No he podido imaginármelo, no tiene sentido. ¿Por qué miente?», cavila Zoe, con una angustia creciente que se le ha instalado en el pecho y parece no querer irse. Se ha escapado por la ventana de la habitación en la que Yago la ha encerrado, en el momento en que Ana ha insinuado que puede padecer una enfermedad mental.

«¿Y si es verdad? ¿Y si estoy loca y solo veo lo que quiero ver? ¿Y si he matado a esos chicos y no recuerdo nada? ¿Y si he sufrido alucinaciones y Mario sí está muerto?», empieza a temerse, corriendo por un sendero de tierra embarrado que da la sensación de que no conduce a ninguna parte, hasta que el sonido del motor de un coche se entremezcla con el de la lluvia torrencial, y Zoe se queda quieta, crispando el rostro por la intensidad de las luces delanteras que la alumbran. Es una camioneta parecida a la del librero pero de color verde, que frena en seco al ver a Zoe. Todo parece suceder a cámara lenta, irreal como en un sueño. Una mujer de unos sesenta años, de cabello largo y cano y rostro amigable, se acerca a ella con calma. Le toca el hombro con una delicadeza extrema, como si Zoe fuera una muñeca de porcelana que con cualquier mal gesto pudiera romperse, y le dice con voz susurrante:

—¿Qué haces aquí, tan tarde y con la que está cayendo? Anda, sube. ¿A dónde vas?

—A A Coruña. Quiero volver a casa. Quiero volver a A Coruña…

—Yo hasta allí no puedo llevarte, pero dime algún otro lugar que quede más cerca.

Zoe piensa en la moto. En que dejó el casco, su bolso y la mochila con la ropa en el portaequipajes. Teme que haya policía por los alrededores buscándola o esperándola. Ana se lo ha dejado claro a Yago: tiene una orden de búsqueda y captura en su contra. No obstante, la moto está a nombre de Mario, así que no tienen por qué pararla ni relacionarla con ella.

—Pues… me vendría bien que me acercaras a la praza do Pedregal —dice Zoe más tranquila.

—Estupendo.

El trayecto es breve, apenas dura ocho minutos. La mujer, al contrario de lo que Zoe esperaba, no ha entablado conversación con ella, ni siquiera le ha preguntado cómo se llama. Cuando detiene el coche en mitad de la plaza aparentemente desierta, Zoe mira a su alrededor antes de salir de la camioneta. No hay nadie, al menos a simple vista, así que decide arriesgarse.

—Muchas gracias, ha sido muy amable.

—No hay de qué. Suerte —le desea la mujer.

Zoe corre bajo la lluvia, se para frente a la moto, y saca las llaves del bolsillo de los tejanos. Suerte, sí, esa es su suerte: que siempre lleva las llaves de la moto encima; de no ser así, estaría perdida, atrapada en Redes.

Zoe tarda tres minutos en arrancar la moto y desaparecer del pueblo, con un solo lugar en mente: la casa de la playa de sus padres a las afueras de A Coruña y lejos de miradas indiscretas que puedan desvelar su presencia. No pisa ese lugar desde que murieron. El hogar que tanto repudió en su adolescencia rebelde y patética, en eso Ana no le ha mentido a Yago, hoy es su salvación para que no la encuentren hasta que todo se aclare.

De la cantidad de cosas que la inspectora le ha revelado a Yago, lo que más le sigue doliendo a Zoe es que la gente pensara que, cuando tenía diez años, empujó a Clara en una cresta de Monte Pindo. Clara era su mejor amiga, ¿cómo creen que pudo hacer algo tan espantoso?

Lo que ocurrió es que Clara dio un traspiés y cayó sola, nadie intervino en la desgracia. Zoe estaba ahí, pero no al lado de Clara, como especularon, sino unos metros más atrás, lo recuerda bien. Intentó ayudarla, pero llegó tarde... Por poco no cae ella también. Miró abajo y Clara ya estaba muerta. Zoe tiene la dolorosa sensación de que siempre llega tarde para salvar a quienes más quiere, aunque contra el destino no se puede luchar. Porque nadie tiene control alguno sobre la vida que, a veces, fluye por caminos trágicamente insospechados. Y después... bueno, después dejó de hablar y lo que los psicólogos aseguraban que era falta de empatía, el rasgo por excelencia de los psicópatas, era, simplemente, indiferencia. Ver la muerte de cerca con solo diez años es devastador. Te marca de por vida. Te cambia por dentro, te trauma, te vacía. Y aún faltaba lo peor: la espiral de autodestrucción en la que cayó cinco años después de la muerte de Clara, hasta que sus padres la internaron y conoció a Mario, tan roto como ella pero dispuesto a recomponer los pedazos.

CAPÍTULO 27

Tras el diluvio del día anterior, hoy Redes amanece radiante, sin una sola nube que enturbie el cielo, aunque el entorno evoca la tormenta de anoche a través de su olor a tierra mojada y removida.

Nadie entiende cómo Valdetierra se mantiene en pie. Lleva sin dormir en condiciones desde la madrugada del martes, cuando el cadáver de Santi, la primera víctima, apareció en la playa. Después de echar una cabezada de un par de horas, conduce en dirección a A Coruña con Anselmo mordiéndose las uñas al lado. La inspectora no para de blasfemar, ha caído en un bucle del que es incapaz de salir desde que se largó de casa de Yago con las manos vacías, culpándolo de todos sus males:

—¡¿Cómo es posible que no la hayan encontrado, Anselmo?! Nadie se evapora como ha sido capaz de hacerlo Valentina, joder. Panda de inútiles, ni un control decente en carretera. Cómo los ha engañado a todos... cómo ha engañado a Yago y el muy imbécil se ha dejado engañar.

—A estas horas ya debe de andar lejos, inspectora...

—¿Pero con qué? No tenemos ni una sola matrícula que registrar. No hay un coche o una moto a su nombre, todo estaba a nombre de Mario, y el agente Blanco no ha soltado prenda al respecto, alegando que no tiene ni idea de qué transporte utilizó Valentina para llegar a Redes. Si es cierto que no está en sus cabales y sigue viendo al novio muerto, a lo mejor ha hecho autostop para llegar a casa —elucubra Valdetierra.

—Tendría sentido. Igual no reconoce lo que ha hecho... —le da la razón Anselmo, mareado por la conducción temeraria de la inspectora.

—Eso es. No lo reconoce... no lo recuerda. Qué jodido. El coco es impredecible. ¿Sabes si han localizado la señal del móvil de Valentina?

—Estará al caer.

—Ya... pero no creo que sea tan tonta como para llevar el móvil encima a donde sea que haya ido.

*

En el momento en que Valdetierra se aleja de Redes, porque considera que a estas horas hay más posibilidades de que la sospechosa se encuentre en A Coruña que en el pueblo, Yago pasa por la praza do Pedregal, percatándose de que la moto ya no está. Llamarla es un riesgo que decide asumir, pero el móvil de Zoe está apagado o fuera de cobertura.

Si no tuviera nada que esconder, no habría huido, se lamenta Yago, con la palabra «psicópata» que tanto ha repetido Valdetierra grabada a fuego, mientras entra en la librería de Celso, que lo recibe con la preocupación marcada en el rostro.

—*Fillo*, qué cara traes.

—*E ti que queres? Non puiden durmir en toda a noite.*

—Vaya semanita... Las familias dicen que, cuando recuperen los cuerpos de los chicos, que digo yo que estarán en el Anatómico Forense de A Coruña, celebrarán un funeral conjunto. La gente en el pueblo está consternada. Tan jóvenes, muertos así, con una violencia que... *Meu Deus...*

—Me imagino... Está siendo la semana más rara de mi vida, Celso, se me está haciendo eterna. Un infierno. Todo es confuso, es... contra más sé, menos entiendo. Resulta que Zoe vino sola a Redes.

—¿Como que vino sola?

—Que Mario no existe. Murió en un accidente de moto en febrero. El accidente lo provocó Esteban, que venía de una fiesta con Santi, Nuno y Héctor. Huyeron para no enfrentarse a la justicia, y mira cómo han acabado...

empiezo a creer que Valdetierra tiene razón. Que de veras ha sido Zoe empujada por la rabia.

Celso, paralizado y absorto, niega repetidas veces con la cabeza.

—*Pero iso non pode ser.*

—Pues sí lo es, joder. Lo es. He leído la noticia en internet. No ponía el nombre completo, solo las iniciales, M. V. Mario Varela. Zoe debe de tener alguna enfermedad mental o...

—Déjate de enfermedades mentales, que ya tuvimos suficiente con el tema —interrumpe Celso abruptamente. El carácter se le ha agriado de repente, y eso al librero le ocurre muy pocas veces, pero la injusticia que están cometiendo con Zoe lo enciende—. Igual Mario no existe, igual murió, pero te juro por mi mujer que en paz descanse, que Zoe recibió una llamada en la terraza de A Pousada, y yo escuché, con estas orejas que Dios me ha dado, la voz de un hombre al otro lado de la línea. Le habló mal, brusco, le exigía que volviera a casa, que le llevara la moto. Dejó a la chica muy afectada. Por eso te dije que te pasaras por El Escondite a ver si todo iba bien, no te creas que fue por hacer de casamentero. —(Que también, Celso, que también)—. Mira, Yago, yo no sé con quién estaba Zoe en la casa, pero estaba con alguien. No se lo ha inventado ni padece enfermedad mental alguna.

—Pero ella aseguraba que era Mario. Y Mario no

podía ser —recalca Yago.

Celso aprieta los labios, que quedan reducidos a una fina línea, y dirige la mirada al escaparate, a rebosar de ejemplares de *El escondite de Greta*. Intentando poner en orden sus pensamientos, empieza a decir lenta y concienzudamente:

—Leo y Raimon. Gemelos. Elsa y tú. Mellizos. Os parecíais como un huevo a una castaña, pero compartisteis vientre durante treinta y ocho semanas y nacisteis con tres minutos de diferencia. ¿Mario tenía un gemelo?

—No, por ahí no, Celso. No tiene sentido.

—*Carallo!* —exclama Celso, dando un golpe sobre el mostrador que hace temblar la novela que tiene encima, *El secreto*, de Donna Tartt—. ¿Y qué tiene sentido en esta locura? ¡Lo que te digo es lo que más sentido tiene! —añade el librero enfadado. Es la primera vez que Yago lo ve así.

—Si Zoe llevaba diez años de relación con Mario, ¿cómo va a confundirlo? Entre gemelos siempre hay algún rasgo distinto e identificativo que el otro no tiene. Y la voz. La voz no puede ser idéntica cien por cien —razona el policía.

—Pero recuerda que la *pobriña* perdió el bebé a los seis meses de gestación, y ha estado sumida en una depresión severa que la ha tenido encerrada en casa sin contacto con nadie como una rehén. ¿No te parece raro? *Eu creo* que Mario, el Mario que ella conocía, la habría apoyado, no la habría culpado por perder el bebé. ¿Y si el accidente que tuvo al caer por las escaleras fue por recibir la noticia de la muerte de Mario, que se evaporó de su memoria al despertar en el hospital? —especula Celso—. ¿Has dicho que Mario tuvo el accidente en febrero, no? —Yago asiente, dándole vueltas a las deducciones nada descabelladas del librero. Quizá sí tiene sentido y sería muy fácil averiguarlo—. Ahí tienes la respuesta, *fillo*. Ahora solo hace falta conocer la historia.

CAPÍTULO 28

El número marcado no existe.
El número marcado no existe.
El número marcado no existe.

Se rinde. Zoe se rinde ante la evidencia de un número guardado en la agenda desde hace un lustro que, por lo visto, ya no existe. Como Mario. Mario no existe. ¿Y el funeral? ¿Cuándo fue? ¿Cómo es posible que no se enterara de nada? ¿Tan encerrada ha estado en su dolor? ¿Tan atontada la dejaron los antidepresivos con los que aplacar la pena y mantener a raya los ataques de ansiedad? Y, lo que más le inquieta, porque no acepta haber estado con un fantasma: «¿Con quién he estado viviendo durante estos tres meses si no era Mario?».

«Mario, el novio de Valentina, no pudo venir a Redes con ella. Porque está muerto».

Muerto.

Muerto.

Muerto.

Zoe repite las palabras de la inspectora internamente. Tanto Yago como ella hablaban con un tono tan elevado de voz, que a Zoe no le ha sido difícil entender qué se decían.

Su móvil, después de haber realizado unas cuantas llamadas inútiles a un número que *ya no existe* desde la gasolinera en la que ha parado, ha terminado hecho añicos en la autopista que la ha llevado de regreso a la casa abandonada de sus padres. Un buen refugio hasta que se aclaren las cosas y Ana, aunque diga que es una psicópata, no tenga pruebas contundentes contra ella. Porque esto ha debido de ser una emboscada, ¿no? Y no encontrarán sus huellas por ninguna parte, se convence, solo un mechón de pelo. No hay más. Ella no ha podido hacer nada, no es mala.

«No soy una mala persona. No estoy loca. Pero si soy incapaz de matar a una mosca, ¿cómo voy a matar a cuatro tíos?», se ha estado atormentando durante todo el viaje en moto.

Sin embargo, cuando Zoe llega a la solitaria casa con vistas a la playa de Bastiagueiro tarde, alrededor de las tres y media de la madrugada tras un trayecto accidental por la lluvia que se le ha hecho eterno, no está vacía como imaginaba. De hecho, no recuerda haberla visto nunca con tanta gente, ni siquiera cuando sus padres daban alguna fiesta, algo bastante habitual dentro de su exclusivo círculo de amistades. Por eso, cuando Zoe introduce el código de seguridad y cruza el portón corredero con la moto, se queda paralizada en medio del sendero que conduce a la propiedad, clavando los ojos en las ventanas. Todas las luces están encendidas. Con un nudo en la garganta, distingue un sinfín de siluetas moviéndose por las estancias como si la casa les perteneciera.

El enfado sustituye a la confusión cuando, al entrar, ve entre un montón de desconocidos a Mario envuelto en una nube de humo y sentado en la butaca de su padre, con una chica desnuda restregándose encima de él.

«¡¿Lo ves, Ana?! ¿Lo ves? ¡No está muerto, os la ha colado! ¡Mario no está muerto!».

Debería haber sido un alivio. Debería… Pero cuando Mario repara en su presencia, Zoe, al fin, se da cuenta del engaño. Porque, como si su cerebro hubiera sufrido un cortocircuito, ya no ve a Mario, sino a un desconocido que extrañamente tiene su misma cara.

—¿Qué haces tú aquí? —pregunta el Mario que no es Mario, sino un impostor, empujando con violencia a la chica y levantándose como un resorte—. ¡Joder! ¡Tú no deberías estar aquí, puta loca!

CAPÍTULO 29

—Jorge, tienes que ayudarme —le pide Yago al agente Velázquez, entrando en el cuartel como un huracán—. Tenemos que encontrar a Zoe antes de que la encuentre Valdetierra.

—Dirás Valentina —lo corrige el agente—. Y yo en los asuntos de Valdetierra no me meto, que esa tía es peligrosa.

Una mirada de Yago basta para que Jorge cambie ipso facto de opinión.

—A ver. Qué quieres que haga.

Yago le hace un resumen. De lo que le contó Valdetierra anoche y de lo que opina el librero respecto al gemelo que es posible que Mario Valero tuviera. Puede que, durante tres meses, se haya hecho pasar por él confundiendo a una Zoe frágil y vulnerable, depresiva por haber perdido el bebé que esperaba, hasta provocar que la atención recayera en ella en algo tan grave como

180

el asesinato de cuatro chicos culpables de la muerte de Mario y de haber huido del lugar del siniestro.

—Hostia, Yago, tío. A ver, lo veo un poco… no sé, descabellado, ¿no? No descartemos lo de la enfermedad mental que cree la Pitbull, que cualquiera le lleva la contraria, pero…

—Al lío, Jorge.

—*Vale, veña.*

∗

Yago sigue sin conocer la historia, tal y como Celso le ha sugerido, pero al cabo de dos horas de búsqueda incansable, tiene motivos suficientes para llamar a Valdetierra y abrirle los ojos. Zoe no tiene una enfermedad mental rara. No ha estado viendo un fantasma. No es una psicópata ni una asesina. Solo es una chica rota que se ha dejado engañar en un mal momento. Valdetierra tiene que dejar atrás su fijación por ella y centrarse en el auténtico asesino de Esteban, Héctor, Nuno y Santi.

Valero era, en realidad, el segundo apellido de Mario, quien perdió a su madre a una edad difícil, con quince años recién cumplidos. Cambió el orden de sus apellidos hace ocho años, cuando tenía diecinueve, quizá para que no lo relacionaran con la polémica familia de la que procedía. El primer apellido de Mario era Orella, muy sonado por pertenecer a Carlos Orella, el mayor traficante de droga de Galicia. Carlos falleció en prisión hace dos años, pero Guillermo Orella Valero, más escurridizo e inteligente que su progenitor, ha seguido sus pasos. Guillermo nació el 8 de marzo de 1995, igual que Mario, señala Yago, triunfal, con la foto del susodicho en la pantalla. El rasgo más llamativo de Guillermo son sus ojos, de un negro tan oscuro que cuesta distinguir la pupila del iris. Lo primero que Yago ha pensado al ver la foto del tipo, cuyo semblante duro e inquietante transmite cero confianza, es que alguien así, con un aspecto tan amenazador, no le pega a Zoe, toda dulzura y fragilidad. A lo mejor Mario era distinto, sopesa Yago, sin compartir estos pensamientos con su compañero.

—Guillermo está en paradero desconocido y sin domicilio registrado desde que su padre murió de un infarto en la cárcel. Un perla con contactos hasta en el infierno y varios delitos, no solo por tráfico de drogas y trata de chicas desde países del Este, también por asesinato. Está acusado de matar hace un año a Fernando Ríos, propietario de varias discotecas en Vigo y Santiago. Fernando estaba endeudadísimo, está claro que fue por un ajuste de cuentas.

—Me suena el caso, pero no le dieron mucho bombo.

—Ya... Pero adivina qué... —murmura Yago, leyendo el informe al que ha tenido acceso después de mover unos hilos. Jorge lo mira expectante—. A Fernando lo atacaron por la espalda.

—¿Asfixiado con un cable de acero? —adivina Jorge, perspicaz.

—Si Valdetierra no lo ve, es que es idiota. Es un tipo peligroso. A Mario le debieron de hacer un funeral discreto para que Zoe no se enterara y, dada la conmoción que padecía, Guillermo se ha aprovechado de ella haciéndose pasar por su gemelo. Celso tenía razón. Lo tenemos, Jorge.

—Deja de llamarla Zoe, que se llama Valentina Cortés. También te digo que es preferible que Valdetierra la encuentre antes que ese demonio. Porque si la chica va en busca del gemelo y lo encuentra, está acabada. —Yago no había pensado en esa posibilidad, y ahora que Jorge lo dice, un escalofrío le recorre la espina dorsal al pensar que Zoe puede estar en peligro—. Oye, ¿pero tú estás seguro de llamar a la Pitbull? No le va a sentar nada bien que te metas en su investigación.

—La presión que le han metido desde arriba la tiene ofuscada, Jorge. Es muy buena en su cargo, la mejor, pero se estresa con facilidad y tiene tendencia a la histeria. Estos crímenes la han sobrepasado. No ve más allá con tal de tener una sospechosa que presentar a sus superiores y a la prensa, que andan por aquí como moscas cojoneras, y que Zoe no haya dado la cara no la beneficia. Valdetierra no está siguiendo el camino correcto. Solo hay que hacerle ver que si se equivoca y en lugar de pillar a este cabrón mete entre rejas a Zoe injustamente, las consecuencias serán nefastas para su carrera —espeta, señalando con ímpetu la foto de Guillermo en la pantalla—. Hay que abrirle los ojos y hay que hacerlo ya, pero antes vamos a buscar las propiedades registradas a nombre de Zoe.

—Valentina… Se llama Valentina.

—Joder, Jorge. Vale, propiedades registradas a nombre de Valentina Cortés.

—Pueden ser diez, ya sabes cómo son los millonarios.

—Aunque sean cincuenta, da igual. Hay que ir a la propiedad que esté más alejada, la que sea más discreta —presiente Yago—. Si yo fuera ella, no me iría a una casa céntrica, ¿no? Me escondería en la más apartada, donde no hubiera gente ni otras casas alrededor.

El agente Velázquez mira con extrañeza a Yago. «¿Quién es este tío y qué ha hecho con mi compañero?», parece pensar, reprimiendo las ganas de preguntarle por qué tanto interés en la chica, cuando, hasta hoy, Yago era partidario de la ley del mínimo esfuerzo.

*

—Nada, inspectora. La señal del móvil de Valentina se pierde en la AP-9. El móvil debe de estar triturado en plena Autopista del Atlántico. Antes, estuvo parada diez minutos en una gasolinera de la AC-221. Es todo lo que hay.

—Puede estar en cualquier parte. En alguna de las

casas de sus padres, ahora a su nombre, y te aseguro que no eran pocas, tenían como cuatro o cinco. O en el piso en el que deduzco que ha vivido estos últimos años con su novio, aunque no hay nada a nombre de los dos, ni siquiera el negocio. Todo está a nombre de Valentina.

Si Valdetierra no conociera a Valentina de *su otra vida*, habría sido imposible relacionarla con Mario Valero, el Mario que Valentina asegura seguir viendo aun siendo imposible, y de cuya muerte se habló poco, pero lo suficiente para que llegara a los oídos de la inspectora y ahora la ayude a atar cabos.

—Efectivamente. —Anselmo ha hecho los deberes, dispuesto a ganarse la simpatía y el respeto de su superiora—. Como bien dices, no hay nada a nombre de Mario Valero, solo un Volkswagen Tiguan y un par de motos, una declarada siniestro total en febrero de este año, y una Aprilia Shiver 900. Valentina compró sola el piso en 2016, un año después de la muerte de sus padres, en la calle Ferrol, número 12, tercera planta —resuelve Anselmo, facilitándole la tarea a Valdetierra, a quien el cansancio empieza a pasarle factura y se siente cada vez más espesa—. Y estamos de suerte —añade el agente, toqueteando la pantalla de la Tablet—: Es una finca señorial con conserje que debe de tener un juego de llaves del piso de Valentina. Habrá que pedir una orden de registro y entrar.

—¿Y esperar dos horas? Ni hablar. Si se ha escondido

en ese piso o ha ido hasta allí pensando que encontraría a Mario, tenemos que entrar y detenerla ya. Bastará con presentar la orden de búsqueda y captura para intimidar al conserje —decide arriesgarse Valdetierra, emprendiendo el camino a la privilegiada zona de la Plaza de Lugo de A Coruña.

*

Valentina Cortés tiene registrados a su nombre dos pisos en la zona de la Plaza de Lugo y tres chalets. Uno de esos chalets está encaramado en un peñón que da a la playa de Bastiagueiro, a quince minutos de A Coruña y a algo más de media hora de Redes. Yago le va a dar toda la información a Valdetierra, pero, si Zoe está ahí, quiere llegar antes que ella.

—No hay vecinos alrededor, es una casa bastante solitaria, y, por lo que veo en el mapa, con una entrada discreta.

—No sé qué decirte. Esta Avenida, la de Ernesto Che Guevara, parece bastante concurrida, Yago —señala Jorge en el mapa.

—Los otros dos chalets están en urbanizaciones vigiladas las veinticuatro horas. No ha podido ir ahí, tiene que estar en la de Bastiagueiro, es la más privada —predice Yago—. Vamos para allá, y cuando estemos a diez minutos de llegar, llamo a Valdetierra.

—*Carallo*, Yago, llámala ahora que la Pitbull se va a cabrear.

—Cuando estemos a diez minutos de llegar a Bastiagueiro —insiste Yago con determinación.

—Tú verás.

CAPÍTULO 30

Cuando Zoe despierta, le cuesta reconocer la que era la bodega de su padre. Hace frío, el suelo está sucio y resbaladizo, y donde antes había una colección exclusiva de botellas de vino, ahora hay fardos de cocaína.

El dolor en las sienes es insoportable. Lo último que recuerda, después de que el hombre con la misma cara que Mario le dijera a gritos: «¡Tú no deberías estar aquí, puta loca!», es que se acercó a ella y le propinó un puñetazo en la cara. ¿Cuántas horas han pasado? ¿Cuánto rato lleva dormida? Nota el ojo derecho hinchado y dolorido, los párpados le pesan como si fueran de plomo, y la cabeza le da vueltas. Sus movimientos son lentos y torpes, a Zoe le da la sensación de estar sumergida en melaza.

Después del puñetazo, Zoe escuchó risas. Había mucha gente... y chicas desnudas. Nadie la defendió. Y llegó otro golpe. Un golpe en la cabeza que provocó que todo se fundiera a negro.

Se levanta con dolor en todo el cuerpo, maldiciendo haberse deshecho de su móvil en la autopista. ¿Quién va a encontrarla aquí? Preferiría estar sentada en una sala de interrogatorios frente a la inspectora Ana Valdetierra y soportar su desconfianza.

Las ventanas biseladas que hay en lo alto de la pared revestida de piedra, dejan entrever el azul del cielo. Por eso, Zoe sabe que es de día. Camina lentamente hacia la puerta de madera, pero está cerrada, y sabe que, por mucho que la aporree, nadie la va a oír. Su padre tenía la manía de insonorizar los lugares de los que se sentía más orgulloso: la biblioteca con estantes hechos a medida para cobijar sus más de diez mil tomos, la bodega… esta misma bodega en la que ahora Zoe se encuentra, convertida en un maldito escondrijo de cocaína. Aquí dentro hay varios millones de euros en polvo blanco.

Abatida, Zoe vuelve a sentarse en el suelo. Y, con un esfuerzo que le parece sobrehumano, trata de regresar mentalmente a la mañana en la que cayó por las escaleras, acabando con la querida vida que albergaba en su interior.

*

Tres meses antes

Iba a ser la última vez.

Mario se había cargado la fortuna de los Cortés en

malas inversiones y en el negocio que había montado junto a Zoe, que en realidad nunca había terminado de despegar. Él solo quería protegerla, aunque fuera viviendo en una mentira, pero es que no quería preocuparla. Ella y la vida que venía en camino lo eran todo para él. El embarazo le sentaba tan bien... parecía, por fin, feliz. No tenía nada que ver con la chica atormentada con cientos de traumas revoloteando dentro de su cabeza que conoció en el polémico internado. Ella estaba ahí porque sus padres la habían encerrado para que dejara atrás sus malos vicios. Él lo estaba por decisión propia, porque no soportaba la ausencia de su madre, y necesitaba alejarse de los negocios turbios de su padre y la maldad de Guille, su gemelo, con quien solo tenía en común esa cara que era como mirarse en un espejo.

A Zoe, que así fue como ella decidió empezar a llamarse cuando sus padres murieron en el accidente de avión, alegando que Valentina había muerto con ellos, le mintió sobre su familia. Básicamente, la hizo desaparecer del mapa, y Zoe nunca preguntó para no ahondar más en la tragedia. Le dijo que no tenía a nadie, que sus padres habían muerto en un accidente de coche cuando era pequeño y se había criado en ese internado. Pero, debido a los problemas económicos que Zoe desconocía, Mario terminó haciendo lo que se prometió no hacer jamás: pedirle ayuda a su hermano. La foto de Guille estaba en todas las comisarías de España y, por eso, llevaba un tiempo viviendo en las sombras; sin embargo, Mario sabía dónde encontrarlo. Por un ajuste de cuentas, algo cotidiano en ese mundillo podrido, Guille había asesinado al propietario de varias discotecas de Vigo y Santiago. No se dio cuenta de que el asesinato fue grabado por una cámara de seguridad que la policía incautó. Pese a todo, el negocio de la droga heredado de su padre seguía funcionando a las mil maravillas gracias a sus esbirros. Mario se convirtió en uno de ellos. Empezó a trabajar para su hermano sin riesgos, solo recados, y sus cuentas mejoraron de un día para otro.

La noche en la que el coche conducido por Esteban se cruzó en su camino, haciéndolo desaparecer de una vida que estaba a punto de mejorar con el dinero ahorrado en los chanchullos de Guille, iba a ser la última. Efectivamente, lo fue, pero no de la manera que esperaba. Guille acostumbraba a acompañar a Mario en sus *recados*. Siempre en las sombras, debía de seguir en las sombras... Como en las sombras y obligado a dar un frenazo y a apagar la moto para no ser descubierto, vio atónito cómo Mario saltó por los aires y, minutos más tarde, sus cuatro asesinos salieron huyendo. Guille también tuvo que huir, era algo que formaba parte de su vida. Pero antes dejó la moto aparcada a un lado de la carretera, saltó el guardarraíl, y bajó por el peñasco accidental por el que había caído su hermano. Toda esa sangre, el cuerpo destrozado de Mario, la mirada muerta a través de la visera levantada del casco dirigida al cielo nocturno, a la nada... fue horrible. Verlo con la cabeza separada del cuerpo marcó a Guille hasta el punto de hacerlo enloquecer y arriesgarse. Por un momento, pensó en la posibilidad de intercambiar su identidad con la de Mario. Que pensaran que Guillermo Orella Valero estaba muerto. Buena forma de que lo dejaran de buscar y empezar una nueva vida usurpando la identidad de su gemelo. Pero era algo demasiado peliculero y rebuscado incluso para él, y no podía hacerle eso a Mario. Pese a ser quien era y la maldad que anidaba en su interior, era la única persona en el mundo a quien Guille quería de verdad.

Antes de volver a la carretera, subirse a la moto y desaparecer como si nunca hubiera estado ahí, con la esperanza de que encontraran el cuerpo de Mario pronto, le hizo una promesa silenciosa: que cuidaría a su mujer y a la niña que esperaba.

Sin embargo, casi nada sale como uno espera.

Zoe recibió la llamada que cambiaría su vida a las once menos veinte de la mañana:

—¿Zoe? —preguntó la voz grave de un hombre.

—Sí, soy yo.

—Su número de teléfono aparecía como contacto de emergencia en el móvil de Mario Valero. Tengo que comunicarle que ha sufrido un accidente.

«AA ZOE».

—¡¿Un accidente?! —Zoe corrió hacia la salida sin tan siquiera coger las llaves del piso. Abrió la puerta, salió al rellano—. ¿Pero está bien? ¿En qué hospital está? Voy para allá.

—Están trasladando sus restos al Anatómico Forense. No ha sobrevivido.

«No ha sobrevivido».

—No. No, no, no, no, no…

¿Pero cómo alguien puede dar una noticia así por teléfono?

Zoe trastabilló sin llegar a escuchar el «Lo siento» distante del agente de la Guardia Civil al que no llegaría a conocer. Para el mundo, *Zoe* no existía. Mario y ella no estaban casados, ni siquiera eran pareja de hecho, y apenas se relacionaban con nadie. Oficialmente, ella seguía siendo Valentina Cortés, ninguna de sus propiedades estaba a nombre de Mario, no compartían cuentas bancarias, y la empresa, aunque él estuviera más implicado, solo le pertenecía a ella y contrataban gente *free lance* en temporada alta. No había nadie que los viera a diario. Y entonces, tras el tropiezo, llegó la caída, y cayó tan mal, que casi se parte el cuello. El móvil saltó por los aires, su cuerpo rodó por las escaleras como un monigote sin voluntad, y después todo se fundió a negro, borrando de su memoria el angustioso instante en el que contestó la llamada que nunca querría haber recibido.

Era de noche. Las diez y media de la noche, para

ser más exactos, cuando Zoe despertó en la cama de un hospital hueca. Hueca y con un dolor insoportable en el bajo vientre, en los huesos, en la cabeza, en el alma... hasta que vio a Mario a los pies de la cama. Pero no eran los ojos de Mario los que la miraban, llorosos como un crío desvalido, sino los de Guille, que se había arriesgado demasiado dejándose ver al enterarse de que la cuñada a la que no había conocido cuando su gemelo vivía, estaba en el hospital. No obstante, allí no había policías y nadie sabía que Mario estaba muerto. Zoe, para sorpresa de Guille, no recordaba la noticia que le habían dado por teléfono antes de caer escaleras abajo, y lo llamó Mario. Guille se limitó a aprovechar la oportunidad y le siguió la corriente. Estaba roto. Roto de verdad. Pero no por ella y en realidad tampoco mucho por el bebé, sino por Mario, su secreto a partir de esa noche.

En ese instante, antes de que Zoe padeciera un ataque de ansiedad y las enfermeras le pidieran que esperara en el pasillo, empezó a fraguar su plan. Porque estaba muy cabreado con esa chica. La muy imbécil, que empezó a gritar cuando le dijo que había perdido el bebé, se había caído por las escaleras, y por esa caída que Guille atribuía a su torpeza, había matado lo único que hubiera quedado de Mario en este mundo.

Manipularla fue pan comido, tanto como hacer que durmiera durante horas, durante días enteros. Sin misas de por medio, enterró a Mario junto al bebé que, a ojos de Guille, Zoe había matado, en el Cementerio Municipal de San Amaro donde reposan los restos de sus padres. Guille fue el único asistente al funeral; Mario no tenía amigos de verdad, no tenía a nadie. Siempre le costó confiar en la gente.

Desde ese día, Guille no podía evitar tratarla con desprecio, aun sabiendo que Mario jamás hubiera actuado así, pero Zoe estaba siempre tan atontada e ida, que no se dio cuenta de las diferencias. Y entonces, Guille entendió que su hermano nunca le había hablado a Zoe de él. De su familia. De que tenía un gemelo idéntico. Dolió un poco. A los malos también les duele la indiferencia. Aunque a su parecer Mario no había actuado como un buen hermano, y de no ser por sus necesidades económicas jamás habría querido saber nada de él, tenía tan en mente a los cuatro cabrones que lo mataron, que seguiría con su plan: el de mover cielo y tierra hasta encontrarlos, gracias a una matrícula de coche que se había quedado grabada a fuego en su memoria. No fue difícil. Y lo sencillo habría sido enviar a alguno de sus matones a acabar con ellos, pero quería verlos sufrir con sus propios ojos. Era algo demasiado personal que solo podía hacer él.

Y lo siguiente que haría antes de volver a esfumarse, sería deshacerse de Zoe, esa chica a la que miraba por encima del hombro y despreciaba por su fragilidad, aunque su existencia le había venido de perlas: era la propietaria del chalet perfecto en el que seguir en las sombras. Una casa de grandes dimensiones y mucha privacidad que destinaría a sus negocios sucios de drogas y prostitución. Nunca antes la Aprilia había recorrido tantos kilómetros a diario ni Guillermo se había sentido tan tranquilo.

Guille seguía oculto, moviendo sus hilos. Cuando al fin tuvo los nombres de los cuatro indeseables que huyeron como vulgares cobardes del lugar en el que le habían arrebatado la vida a Mario, llegó el momento de viajar a Redes. Los chicos eran de ese pueblo costero que Guille no había pisado en su vida, pero le dijo a Zoe que había estado de niño para animarla a que fuera con él. Porque, sin ella, el plan no sería el mismo, no tendría a quien cargar las culpas de lo que estaba dispuesto a hacer. Pensaba que sacarla del piso de la calle Ferrol en el que se había enclaustrado sería misión imposible, pero ella aceptó encantada. El tinte rosa en su pelo la había animado un poco, parecía más fuerte...

«Qué tontería. No se puede ser más imbécil», la despreciaba Guille en silencio, forzando una sonrisa delante de ella.

Pero cuando anoche la vio entrando en la casa de Bastiagueiro... empapada y demacrada, mirándolo con el mismo desprecio que él le ha mostrado, Guille supo que la había subestimado. Si después de dejar todas las pruebas en su contra y huir de Redes con la ayuda de uno de sus esbirros, la policía no había atrapado a Zoe, tendría que ser él quien le diera caza. Una caza muy distinta a la de terminar tras los barrotes de una celda... una caza que volvería a reunir a Zoe con Mario y su hija.

No hay antídoto para el veneno mortal que corroe a según qué personas como Guille.

*

Ahora

Zoe abre los ojos. Y no solo en el sentido literal.

El hombre que estaba a los pies de la cama del hospital no era Mario. Mario estaba muerto.

¿Pero quién es? Mario nunca le habló de ningún hermano, que sería lo lógico dado el asombroso parecido. Son idénticos, y aun sabiendo que no puede ser Mario, porque él jamás la habría golpeado ni habría sido capaz de acabar con la vida de cuatro hombres para luego intentar incriminarla, las dudas siguen asaltándola. Llora. El escozor que nota en el ojo golpeado no le importa. No le duele. Y las lágrimas derramadas son por Mario. Por la muerte que ella no recordaba porque no había terminado de aceptarla, y por haber creído la mentira de ese impostor tan dañino como el cáncer. Por haberla hecho creer que era Mario, un Mario cambiado, déspota y brusco que la culpaba por todo. Se siente engañada. Traicionada. Frustrada. Son tantos sentimientos negativos al mismo tiempo, que no sabe si será capaz de superarlo. De superar que jamás volverá a ver a Mario. Al Mario de verdad, el que la quería, el que reparó con su amor cada parte quebrada que había en ella desde niña.

—¿Quién eres? —pregunta en voz alta, como si alguien salido de la nada fuera a contestar—. ¡¿Quién cojones eres?! —vuelve a preguntar, esta vez con furia, sintiendo una bola de fuego ardiendo en su pecho. Y parece funcionar. Porque la puerta de la bodega se abre, y aparece Mario proyectando una larga sombra desde el vano. Solo que por fin Zoe sabe (y acepta) que no es Mario. Las pisadas del impostor resuenan como disparos en la silenciosa bodega.

—Vamos a acabar con esto.

—¿Quién eres?

—Nunca te habló de mí, ¿no? De nuestros padres, de nuestra familia. Se avergonzaba de nosotros —espeta Guille, señalando la cocaína—. Pero cuando necesitó la pasta, no tuvo reparos en llamarme. En pedirme ayuda. En ser lo que estaba destinado a ser: uno de nosotros. Los Orella, los putos amos —zanja con orgullo, dándose un golpe en el pecho.

—Me dijo que sus padres murieron en un accidente de coche cuando era un crío... yo sabía que no quería hablar del tema, nunca pregunté, así que no, no conocía tu existencia, y me habría gustado seguir sin conocerla —se le encara Zoe, con la voz temblorosa.

—Imbécil —escupe Guille con asco—. No sabes el tiempo que llevo deseando decírtelo a la cara. Estaba hasta los cojones de fingir. No entiendo como Mario estaba con alguien como tú. Eres frágil, Zoe, Valentina, como mierdas te llames...

—Déjame salir de aquí.

—De aquí no vas a salir con vida. Y a tu pregunta, es obvio, ¿no? Soy Guille. Guillermo Orella Valero. El gemelo de Mario. Y los capullos a los que he matado fueron los que le provocaron el accidente de moto en el que el guardarraíl le arrancó la cabeza de cuajo a tu novio, sí, a Mario, al padre de tu hija, a la que mataste cayéndote por unas putas escaleras...

—¡Cállate, cállate, cállate! —vocifera Zoe, sintiendo hacia ese monstruo un odio hasta ahora desconocido que la empuja a levantarse y a caminar con nerviosismo en su dirección, con la violenta idea de arrancarle los ojos. Pero, cuando se sitúa frente a Guille, lo único que consigue es que, riéndose, la agarre con fuerza de las muñecas, la tire al suelo, y la vuelva a golpear mientras le susurra entre dientes:

—Vamos a dar una vuelta por el jardín... el acantilado es de lo más tentador. ¿Te animas a saltar o necesitas un empujoncito? —inquiere con sorna, la maldad saliéndole por los ojos, y Zoe preguntándose: «¿Cómo es posible que no lo haya visto antes? ¿Cómo es posible que me manipulara hasta el punto de creer que seguía con

Mario?»—. Te juro que no dolerá. La muerte no duele. Y que todo este dolor que sientes ahora desaparecerá para siempre.

CAPÍTULO 31

Cuando Valdetierra, harta de las llamadas de su jefe presionándola para encontrar a Valentina, entra en una habitación llena de luz, de peluches, pintada de rosa y con una cunita de madera blanca pegada a la pared, la asaltan las lágrimas. Sorprendentemente, Valdetierra se echa a llorar en pleno servicio, mientras registra el piso de Valentina de la calle Ferrol, donde está claro que no ha venido a esconderse ni a buscar al novio muerto.

—Nada, aquí no está y no veo nada ra... —empieza a decir Anselmo, callándose de golpe en cuanto repara en las lágrimas que corren sin control por las mejillas de Valdetierra—. Inspectora...

—Cállate. Como digas algo de esto te hundo la carrera.

—Es bueno sentir, inspectora. Esto la hace humana —murmura Anselmo, provocando que Valdetierra no pueda frenar las lágrimas, hasta que su móvil vuelve a sonar—. Contesta tú, Anselmo, que yo no puedo —le dice con la voz quebrada, sin apartar la mirada de una cuna que ningún bebé ocupará, mientras le tiende el móvil a Anselmo sin tan siquiera ver quién llama. ¿Qué se te está pasando por la cabeza, inspectora? Ahora le das la razón a Yago y no puedes creer que Valentina, después de preparar una habitación así de bonita para su niña perdida, sea una psicópata ni una asesina despiadada, ¿verdad?

Anselmo obedece sin rechistar y contesta la llamada de un tal «CAPULLO», así es como aparece en la pantalla.

—¿Dígame? La inspectora Valdetierra no está disponible.

—Soy el agente Blanco, de la Policía Local de Redes. Por favor, es muy importante que me pase con la inspectora. Es por Valentina.

—Hostia —espeta Anselmo en una exhalación, al tiempo que Valdetierra aparta la mirada de la cuna y le arrebata el móvil.

—Yago. ¿Estás con Valentina?

—No es eso, Ana... Jorge y yo estamos a diez minutos de llegar a la casa de Bastiagueiro. Es la casa más apartada a nombre de Valentina Cortés y, dadas las circunstancias, habrá elegido ir al lugar más perdido. Está ahí, Ana, lo sé, lo presiento...

—Conozco la casa, estuve ahí una vez. Pero ni se os

ocurra entrar hasta que yo…

—Ana, escúchame. Zoe… Valentina no tenía visiones. No tiene ninguna enfermedad mental provocada por la muerte de Mario. Ella veía a Mario, pero es que quien se ha hecho pasar por él es Guillermo Orella.

—¿Orella? ¿Qué tiene que ver Guillermo Orella con Mario?

—Guillermo Orella Valero. Mario Valero… Mario cambió el orden de los apellidos para que no lo relacionaran con su familia. Hace años que se alejó de ellos. Guillermo y Mario son gemelos, y Guillermo se ha hecho pasar por Mario durante este tiempo sin que Valentina se haya percatado de la mentira, supongo que por la medicación, la depresión por la pérdida de su bebé…

Yago pensó que le costaría más convencer a la inspectora. Pero, en cuanto ha mencionado el nombre de Guillermo Orella y Valdetierra ha recordado la manera brutal en la que una cámara de vigilancia de una discoteca de Vigo lo grabó acabando con la vida de Fernando Ríos, ha visto la luz. Cable de acero… Mismo modus operandi que ha empleado contra los cuatro chicos de Redes. Ahora todas las piezas del puzle encajan; Guillermo, una vez más, se ha tomado la justicia por su mano. Solo espera ser ella quien encuentre antes a Valentina, que se haya escondido bien en esa casa. Yago tiene razón. De las propiedades de los Cortés, es la mejor guarida para que no la encuentren.

—Qué hijo de puta. Ha sido Orella, claro que ha sido él, joder. Anselmo, ve pidiendo refuerzos. Yago, voy para allá. Tiene sentido que Valentina haya ido a esconderse a esa casa. Esperadme.

CAPÍTULO 32

¿El destino está escrito? ¿O somos nosotros quienes, con nuestras decisiones, lo marcamos? ¿Somos dueños de nuestras elecciones, o no son más que otra patraña de esta vida y en realidad no tenemos ningún poder sobre alguna especie de fuerza superior que decide por nosotros?

Guillermo agarra a Zoe del cuello y la obliga a asomarse al acantilado que bordea la extensa propiedad, haciéndole ver el vacío que le espera. Sus gritos no llegan hasta la calle donde Yago acaba de estacionar, decidiendo hacerle caso a Valdetierra. Esperarán a que la inspectora llegue para entrar, sin sospechar que el tiempo juega en su contra.

—Ese muro no lo escalo yo, Yago —advierte Velázquez.

—Espero que Valdetierra tenga alguna idea para

entrar —comenta Yago mirando a su alrededor. Los altos muros rodean la casa, es imposible ver nada, y, mientras tanto, a solo unos metros de distancia que puede que en un rato Yago no se perdone...:

—Deberías haber dejado que te pillasen, Zoe.

El viento la azota en la cara. Puede que esta sea la última vez que sienta la brisa marina sobre su piel. Es una sensación agradable. Zoe cierra los ojos y, por primera vez en mucho tiempo, siente paz. La paz de los últimos instantes, de la siempre indeseada visita de la Parca. Así es como murió Clara hace muchos años. Cayendo al vacío. Ojalá le hubieran salido alas, pensó la niña que era Zoe, hasta que la madurez y la realidad se impusieron, y esas locas ideas se evaporaron. Nadie sobrevive a una caída así. Ella tampoco sobreviviría, lo sabe bien. Maldita la hora en la que eligió esta casa, sin sospechar que Guillermo la había convertido en el escondrijo perfecto para que sus chanchullos continuaran pasando desapercibidos. Hace rato que la casa se ha quedado vacía, no queda nadie, la fiesta de anoche se acabó. Y mientras Zoe centra la mirada en las olas de un mar cristalino y bravo, decide luchar para sobrevivir. Se revuelve entre los brazos de Guillermo hasta tener el suficiente espacio como para propinarle un codazo en el vientre que lo doblega en dos. Pero no sirve de nada. El monstruo, acostumbrado a los golpes, se recupera enseguida y, durante unos instantes, la escena parece casi cómica, cualquiera pensaría que son dos amantes jugando a perseguirse por el jardín. Hasta que a Zoe le flaquean las piernas sin hallar escapatoria alguna en su propia ratonera, y Guille le da alcance más furioso que nunca. Ahora la agarra con tanta fuerza del cuello, que será una suerte llegar con oxígeno al borde del acantilado y echar a volar todavía con vida.

*

Valdetierra no aparca, derrapa, con Anselmo en el asiento del copiloto a punto de echar la pota, hasta dar un frenazo detrás del coche patrulla que ha traído a Yago y a Jorge hasta aquí.

—¿No ha venido nadie? —les pregunta a los agentes—. ¡Joder! ¡He pedido refuerzos!

—Deben de estar al caer, inspectora —se atreve a decir Anselmo con un malestar general.

—Anselmo, ayúdame a subir.

—Pero ese muro… es imposible, inspectora.

—¿En qué academia has estudiado tú, Anselmo?

Yago mira a Jorge sin necesidad de palabras. Anselmo ayuda a Valdetierra a subir, mientras Jorge hace lo mismo con Yago. Cuando están en el borde, la inspectora y el agente miran hacia abajo. Esperan aterrizar sin ningún hueso fracturado, parecen estar pensando, hasta que dirigen la mirada al frente y vislumbran el pelo rosa de

Zoe sobresaliendo del abrazo brusco de un hombre que la lanza al vacío.

—¡Noooooooo! —grita Yago, provocando que Guillermo Orella se dé la vuelta y desenfunde el arma de la cinturilla, mientras Valdetierra aterriza en el jardín de un salto.

Yago debería hacer lo mismo, aterrizar; sin embargo, se queda arriba paralizado por los recuerdos. Por la caída al abismo de Elsa en un paraje distinto y de noche, no a plena luz del día como ahora, pero que, inevitablemente, se entremezcla con el presente hasta hacerlo enloquecer de rabia.

—¡Guillermo Orella, baja el arma! —ordena Valdetierra, apuntándolo con su pistola.

—¡Inspectora Valdetierra! —ríe Orella, haciendo caso omiso a sus órdenes—. Te ha costado, eh. ¿Me has estado buscando mucho?

«Si Valentina está muerta, es por mi culpa», se arrepiente Valdetierra, visualizando la habitación rosa que la ha hecho derramar más lágrimas que en toda su vida, dispuesta a disparar si fuera necesario, porque lo único que merece el demonio que tiene delante es estar muerto.

—¡Que bajes el arma, Orella! ¡BAJA EL ARMA YA!

¿Pero qué te has creído, inspectora? ¿Que un ser como Guillermo se va a arrodillar frente a ti para que le pongas las esposas y lo encierres en prisión? No de por vida, que es lo que merecería, sino durante unos años, diez, quince con un poco de suerte..., aunque la justicia en este país, lo sabes mejor que nadie, es de traca. ¿Cuántos asesinos andan sueltos tras cumplir unos años de condena, mientras sus víctimas se pudren bajo tierra sin ninguna segunda oportunidad? ¿Qué cara se les queda a las familias cuando esos cabrones salen en libertad? ¿Cuántos de ellos salen cien por cien reinsertados? ¿Cuántos vuelven a actuar? Hay quienes no merecen volver a pisar la calle. Sin embargo, sus últimas víctimas salieron huyendo del lugar donde, por un *despiste* imperdonable, el hermano del demonio que tienes delante, perdió la vida. Para ellos, en ese instante de confusión y desesperación, la vida de Mario no valió nada. Solo miraron por ellos. Se convirtieron en asesinos viales a los que, como mucho, se les retira el carné de conducir unos meses y a seguir. ¿En qué los convirtió esa decisión egoísta e inhumana? ¿En monstruos que merecieron ese horrible final? Qué dilema, inspectora, qué dilema...

Así que, como era de esperar, Orella, el demonio que tanta sangre ha derramado estos últimos días en su afán de venganza, no obedece. Es de los que cree que es preferible morir de pie antes que vivir de rodillas. Aprieta el gatillo contra Valdetierra, cuyo cuerpo se desploma, y es entonces cuando Yago reacciona. Los fantasmas del pasado se desvanecen, y, decidido y sin las mismas formalidades que tan caras le han salido a la inspectora, dispara varias veces contra el asesino sin darle ninguna opción.

Yago, tres pasos por delante de la inspectora, que yace sobre el mullido césped con los ojos entrecerrados, observa el fin de Guillermo Orella. Su cuerpo agujereado sufre los últimos espasmos hasta que el corazón, ese corazón negro, malo y podrido que le ha pertenecido hasta hoy, se detiene para siempre.

—Ana... —Yago se agacha junto a la inspectora. La sangre que mana sin control de su vientre es de lo más alarmante. Ahora, cuando ya es demasiado tarde, llegan los refuerzos que había pedido Anselmo.

—Ve... —Ana señala el acantilado.

—Joder, Ana, no te mueras.

—¿Ahora qué quieres? ¿Salir conmigo? —ríe ella, pero no por mucho rato. Un acceso de tos espantoso la asalta en el momento en que empieza el caos en el jardín: los refuerzos lo llenan todo, llaman a emergencias al percatarse de que Valdetierra está herida, y levantan un arma que ya no es necesario que utilicen. Yago susurra:

—Lo he matado, Ana. Nunca había matado a nadie...

—Shhh... Bien hecho, agente Blanco...

Anselmo se aproxima corriendo a su superiora. Tanta sangre manando del vientre de la inspectora lo marea, parece imposible parar la hemorragia.

—*Meu Deus*! ¡Inspectora, no se me vaya! ¡No se me vaya, no se me vaya! Acaban de llamar a una ambulancia.

Aguante, aguante… que la ayuda está al caer.

Es tal el dramatismo de Anselmo, que Valdetierra emplea las pocas fuerzas que le quedan para poner los ojos en blanco y resoplar, antes de verlo todo a través de una neblina escarlata y perder el conocimiento.

—Quédate con ella —le pide Yago, alejándose de ellos en dirección al acantilado. No está preparado para lo que cree que le espera: el cuerpo roto de Zoe.

CAPÍTULO 33

Sí, empiezo a creer que hay fuerzas superiores a nosotros, comunes mortales, que manejan los hilos de nuestro destino. El destino de Valentina Cortés, Zoe para los nuevos amigos, no era morir hoy. El destino de Yago Blanco no era ver su cadáver destrozado por la caída, otra imagen turbia que añadir a su insufrible colección. Algún día, Zoe desaparecerá de este mundo, como nos va a pasar a todos, y, con el tiempo, su huella se irá difuminando hasta no quedar nada de ella.

Pero, insisto, hoy no es el último día de Zoe.

—¡Zoe! —la llama Yago al asomarse y verla resistir, agarrada con las dos manos a una roca afilada. Es tal la fuerza que ejerce para no caer, que los nudillos se ven blancos y se le marcan las venas de su cuello amoratado—. ¡No mires abajo!

—¡No puedo más, Yago, me voy a caer! —llora Zoe,

exhausta.

—¡Aguanta! —Yago se da la vuelta y extiende los brazos en dirección a los agentes que merodean por la zona. El cuerpo de Valdetierra ha desaparecido, su lugar lo ocupa un gran charco de sangre. Yago solo espera que esté de camino al hospital y que la salven—: ¡Aquí! ¡Ayuda, aquí, por favor!

—¡Yago! —sigue gritando Zoe desde abajo, las manos sudorosas, a punto de resbalar.

Cuatro agentes corren en dirección a Yago, pero no hay tiempo que perder, Zoe no aguanta más. Antes de que lleguen, Yago salta la valla y, con mucho cuidado y dejando atrás el vértigo que lo acecha, desciende por las piedras. Afortunadamente y pese a la humedad del lugar, no están tan resbaladizas como cabía imaginar ni hay tanta pendiente. Prefiere no pensar en lo que podría haber ocurrido si Zoe se hubiera golpeado.

Yago extiende el brazo, Zoe sacude la cabeza gimoteando.

—¡Es imposible! No puedo, Yago, no puedo más…

—¡Sí puedes! Confía, Zoe. Dame la mano.

—¡No puedo!

—Bajo un poco más, espera…

—¡Agente! —llaman a Yago desde arriba, tendiéndole una cuerda a la que se aferra con seguridad.

—Ahora, Zoe, dame la mano.

Zoe, que es un mar de lágrimas, cierra los ojos con

fuerza para evitar la tentación de mirar hacia abajo. Se arma de valor y suelta una mano de la piedra. Se impulsa cuanto puede, y escala hasta situarse frente a Yago, que, sin soltar la cuerda que los agentes sujetan con firmeza desde el jardín, le susurra:

—Te tengo. Ya te tengo, Zoe.

Como si fuera verdad que existen los milagros y que a ciertas personas les crecen alas, unas alas en las que Zoe había dejado de creer, abandona el abismo, vuelve a pisar tierra firme, y, una vez más, se refugia en los brazos de Yago. Y ahí, entre esos brazos capaces de sanar las heridas que son como el hogar que perdió hace tres meses, Zoe deja el miedo atrás al ver que el impostor que se hizo pasar por Mario no podrá volver a hacerle daño.

DOS SEMANAS MÁS TARDE

CAPÍTULO 34

El personal del Hospital Universitario de A Coruña está deseando perder de vista a la inspectora Ana Valdetierra. Debería estar agradecida y valorar más la sanidad pública que tenemos, pero Ana es insoportable, se queja por todo. Porque no hay vistas. Porque no hay luz suficiente. Porque tiene que compartir habitación. Porque huele fatal. Porque las camillas, las sillas de ruedas y los tacatá hacen mucho ruido. Porque hay demasiada gente, ¿por qué hay tanta gente en un hospital? Porque hay que pagar por la tele como si fuera una máquina tragaperras.

—¡Hasta los presos tienen tele gratis, joder!

Por la comida. Nada está a su gusto. No le ponen sal a nada, eso no hay quien se lo coma.

—¡Hasta los presos comen mejor que aquí, joder!

Y, sobre todo, porque le han prohibido el café. Las prohibiciones la tienen cabreadísima. Así que, cuando Yago se asoma a la puerta con un vaso de cartón,

Valdetierra ve la luz.

—¿Se puede?

—¿Eso es café?

Yago sonríe.

—Creo que sí...

—Dámelo.

Valdetierra le da un largo sorbo al café. Cierra los ojos de puro placer.

—No sé cómo pueden prohibir este elixir de los Dioses...

—Te veo bien.

—Bueno, ya sabes. Mala hierba nunca muere. Aún me quedan muchos malos a los que joder, aunque a Orella te lo cargaras tú. Felicidades. Y no te sientas culpable, era un mal tío y me ha jodido los intestinos.

—Lo sé. Fui al funeral de Santi, Esteban, Héctor y Nuno. Un drama, pero las familias se sienten más aliviadas al saber que está muerto.

—Te has convertido en el héroe de Redes.

—Yo no diría tanto...

—Oye, ¿nunca te has planteado entrar en Homicidios? Tienes buen instinto, nos irías muy bien en el departamento.

—¿Y trabajar contigo? Ni de coña —ríe Yago.

—¿Sabes? He estado pensando en ese demonio. En Guillermo Orella. En el accidente que tuvo Mario, su hermano. No tengo ni idea de cómo Orella descubrió quiénes habían sido los causantes, puede que presenciara el accidente y era un tío con contactos y vengativo… puro veneno. No obstante, esos chicos de Redes no actuaron bien. Se largaron. Se comportaron como unos auténticos cabrones. La hermana de Esteban dijo que iban pasados de velocidad. 116 kilómetros por hora en una carretera con un límite de 60, invadiendo el carril por el que circulaba Mario. El 116 que se tatuaron como recordatorio de esa noche me parece una burla, una ofensa. Porque dejaron a Mario abandonado aunque no se pudiera hacer nada por él como si fuera menos que una mierda, Yago. Nadie merece morir como murieron ellos, pero su imprudencia tampoco fue justa, ¿no? No sé, guárdame el secreto, pero una parte de mí cree en ese tipo de justicia. Es decir, podría llegar a entenderla, porque, de estar en el pellejo de Guillermo, ¿yo habría actuado igual? ¿Si alguien me arrebatara a la persona que más quiero, aunque sea accidentalmente, cómo actuaría? No, posiblemente no sería capaz de cargarme a nadie, pero las ganas de vengarme, de que al responsable le ocurriera lo peor, siempre estarían ahí, como una espinita que… —Valdetierra, pensativa se detiene para palparse el vientre, componiendo un gesto de dolor.

—¿Estás bien?

—Sí, sí. Pues lo que te decía. Ojo por ojo… La ley de Talión. Como la mujer que quemó vivo al violador de su hija. O Marianne Bachmeier.

—¿Quién?

—Marianne Bachmeier, a mi parecer una heroína que mató a tiros en la sala de juicios a Klaus Grabowski, el violador y asesino de su hija. La niña solo tenía siete años, imagínate, y era todo cuanto Marianne tenía en el mundo. Durante un año, esa mujer tuvo que asistir al juzgado para escuchar en silencio y sin protestar lo que ese monstruo le hizo a la pequeña, pero lo que nadie sospechaba era que estaba planeando su venganza. Lo único que lamentó fue tener que dispararle por la espalda. No hay condena suficiente para según qué monstruos. La justicia no existe en este mundo, Yago.

—Ya. Pero ojo por ojo y el mundo acabaría ciego, dijo Gandhi.

—Mmmm... si todos fuéramos como Orella, el mundo llegaría a su fin, eso está claro. Se liaría una muy gorda... Quiero seguir creyendo que hay más gente buena que mala, Yago, pero cuando ocurren cosas así y las ves de cerca... bueno, cuesta. Cuesta creer en el ser humano, porque cada vez somos más egoístas, estamos más distanciados los unos de los otros y solo miramos por nuestro bien. Mira, yo, sin ir más lejos. ¿Te puedes creer que hace un mes me enteré de que mi vecino de enfrente lleva un año muerto? ¡Un año! ¿Cómo es posible que no lo echara de menos, que no me interesara por él? ¿Tan egoísta me he vuelto? ¿Tan ocupada estoy? Pero, en fin, no me hagas mucho caso, que llevo dos semanas aburrida como una ostra dándole demasiadas vueltas al coco. Tengo ganas de volver a la acción, aunque a la próxima espero que me den más margen, tiempo para redactar informes y esas cosas... Los asesinos en serie me enloquecen y Orella tenía mucha prisa, joder. Por cierto, ¿cómo está Valentina? Anselmo me dijo que tenía la cara hecha un cristo y una marca de ahogamiento en el cuello.

La mirada de Yago se ensombrece.

—¿No la has vuelto a ver? —adivina Valdetierra, dándole otro sorbo ávido al café.

—No. —Valdetierra sonríe—. ¿Qué te hace tanta gracia?

—Que, por un momento, he pensado que tenía vía libre.

—Ana...

—Que sí, que ya te tengo olvidado. Fíjate que ha empezado a hacerme tilín Anselmo. Es mucho más joven que yo y un poco alelado, pero ha venido a visitarme cada día. No ha faltado ni uno. Eso sí, el muy cabrón se ha negado a traerme café. Dice que si los médicos me lo desaconsejan, por algo será. Qué tieso es. Nadie me entenderá como tú, Yago... —murmura, fijando la mirada en el vaso de cartón—. Pero lo superaré. Esto también pasará.

—Un buen amigo me dijo que en esta vida solo es necesario tropezar con alguien a quien termines considerando hogar. No es fácil, porque no es algo que se busque, se encuentra en el momento más insospechado y cuando uno está preparado. Solo hay que estar abierto a la posibilidad, a que ocurra. Hemos leído un libro para el club de lectura al que si quiero llegar debería irme en cinco minutos, en el que hay una frase que dice: «Siempre acabamos llegando a donde nos esperan».

—¿Qué libro es?

—*El viaje del elefante*, de José Saramago. —Yago saca el ejemplar de la mochila y se lo tiende a la inspectora, que lo coge con los ojos vidriosos—. Toma, te lo regalo. Espero que te guste. Además, he marcado las frases que más me han llamado la atención.

Valdetierra sonríe emocionada, contemplando el pequeño elefante subido a una gran paleta de colores que ocupa casi toda la cubierta del libro.

—Gracias, Yago. Espero que Saramago tenga razón y acabemos llegando a donde nos esperan.

—Seguro que sí. Da igual cuánto tardemos, el caso es llegar.

—Pues habrá que tener paciencia... —resopla Valdetierra—. Y la mía brilla por su ausencia, ya lo sabes. Oye, si ves a Valentina, que seguro que volverás a verla, pídele perdón de mi parte. Por creer de ella que era una psicópata y por no haberle dado el beneficio de la duda. Por creerme la mentira de Orella. Valentina ha tenido mucha suerte de conocerte y de que te implicaras, Yago. De no ser por ti, no sé qué habría pasado...

Yago asiente, sin estar tan convencido como Valdetierra de que volverá a ver a Zoe, la chica del pelo rosa con dos nombres según quien la mencione. Para él siempre será Zoe, pero lo que pasó hace dos semanas fue que…

… después del abrazo y a solo unos metros de distancia del cadáver de Guillermo, tan idéntico a Mario que a Zoe le dolió el doble que alguien con la misma cara que la persona a la que amó intentara matarla, le dedicó a Yago una mirada errática. Era como si Zoe no lo conociera, como si se hubiera confundido de brazos en los que refugiarse. Como si se arrepintiera. Lo miró sin pestañear o a través de él, Yago no fue capaz de diferenciarlo.

—Gracias por todo —le dijo con sequedad. Luego, le dio la espalda y, sin mirar atrás, desapareció de su vista.

No la ha vuelto a ver. Tampoco ha tenido noticias de ella.

Yago la ha llamado un par de veces, pero le salta la voz automática del contestador. Es posible que Zoe, aunque conserve el número, no haya repuesto el móvil que tiró por la autopista para que la policía no la localizara. Que ella no le haya devuelto ninguna llamada, le hace pensar que no podrá pedirle perdón en nombre de Valdetierra. Y tampoco tendrá la oportunidad de confesarle que de esa atracción que sintió hacia ella desde el minuto uno, podría salir algo especial que le jodería mucho perderse.

CAPÍTULO 35

El pueblo de Redes ha vuelto un poco a la normalidad tras los crímenes cometidos por Guillermo Orella. Y esa normalidad también se aplica al club de lectura de los jueves a las siete de la tarde en la librería de Celso, quien a sus sesenta y siete años hace dos debería haberse jubilado, pero se niega a dejar el local en otras manos que lo conviertan en vete a saber qué.

Cuando Yago cruza la puerta de cristal con cinco minutos de retraso, Candela, Fina, Lucio y Margarita ya están sentados con sus respectivos ejemplares de *El viaje del elefante* encima de las rodillas. Celso preside el club sentado en el sillón orejero, y Margarita se está secando las lágrimas, Yago quiere saber por qué.

—Margarita, *xa choras?* —pregunta Yago a modo de saludo, sentándose al lado de Lucio, que le dedica un guiño divertido.

—*Oh, gustoume moito este libro, fillo.* Me emocionó.

—Es uno de esos libros que hay que leer antes de morir, un viaje profundo a la mente del ser humano —opina Celso—. ¿Dónde está tu ejemplar, Yago?

—Se lo he regalado a una amiga.

—*Moi ben*, así es como los libros coleccionan almas y no hay nada que les haga más felices. Una historia que combina hechos reales e inventados para reflexionar, ¿verdad? Sobre el sentido de la vida, sus afanes, desvelos y ambiciones.

—Tiene unas frases preciosas, tengo el libro marcado —comenta Margarita, enjugándose las lágrimas—. Me ha despistado un poco la ausencia de puntos y aparte, eso sí tengo que decirlo, pero ha merecido la pena el esfuerzo. Tiene una forma de escribir única que...

Margarita enmudece cuando la campana de la entrada vuelve a sonar, y todos los presentes se giran para ver quién osa interrumpir el club de lectura de los jueves.

Una chica con el cabello color miel recogido en un moño alto y deshecho, cruza la puerta con una sonrisa discreta que se ensancha al ver al librero y, seguidamente, a Yago, a quien el pulso se le acelera y empieza a sentir ese vuelco en el estómago que tan bien define esos momentos en los que querrías detener el tiempo.

—¡Zoe, qué alegría! —exclama Celso, levantándose del sillón e instando a Yago a hacer lo mismo.

—Yo... —empieza a decir Zoe, acercándose al grupo con una timidez encantadora—. Me preguntaba si hay espacio en el club de lectura para una más.

—Siempre, querida —la alienta Celso—. Te estábamos esperando.

*

Antes de decir adiós... (O hasta luego)

Se me resisten estos personajes. Personas, personas... Perdona, Yago.

Me cuesta dejarlos atrás. Decirles adiós. O hasta luego. Porque nunca se sabe qué más puede ocurrir en Redes para que tengamos que volver.

Esta historia podría terminar en la librería, con Zoe dispuesta a dejar el pasado atrás, y con el entrañable librero recibiéndola con los brazos abiertos, siendo tú el que decida qué ocurre a continuación. O podría seguir contándotelo yo, y nada mejor que mostrártelo tal y como está ocurriendo. Da igual cuando lo leas, porque hay momentos como este que deberían ser eternos, pese a las meteduras de pata fruto de los nervios de ciertas "personas":

Dos horas después de un debate de lo más intenso y emotivo sobre el libro de Saramago, Zoe y Yago salen de la librería con las manos enterradas en los bolsillos de los pantalones como si temieran rozarse. El librero se despide de ellos esbozando una sonrisilla pícara de las suyas. Parece que Celso tiene el don de adelantarse a los acontecimientos y saber lo que ocurrirá. A lo mejor no ahora, Yago y Zoe aún son un universo por descubrir, pero dentro de un año, de dos, de diez... el librero de Redes sabe que la pareja tiene muchas posibilidades de vivir una gran historia de amor.

—¿Damos un paseo? —propone Yago sin mirarla, subiendo por la calle de la librería.

Uy, qué tímido se nos ha puesto el policía...

—Vale.

—Valdetierra te pide perdón. Por llamarte psicópata, por...

—Me da igual lo que diga Ana. Aquí la única que tiene que pedir perdón soy yo, Yago, y te lo tengo que pedir a ti. Me vi sobrepasada por todo. En cuestión de un minuto, tuve que aceptar lo que ocurrió hace tres meses. Que Mario murió. Que tenía un gemelo y yo no lo sabía... en realidad, apenas sabía nada de Mario, ahora me doy cuenta de que fue una relación de diez años llena de secretos y mentiras. Confundí a ese monstruo con Mario, y he estado estos últimos meses con él pensando que estaba así de distante y brusco porque me echaba la culpa del accidente y en realidad... en realidad no era Mario, era un tío que me odiaba. Un asesino despiadado capaz de matar a cuatro tíos, incriminarme y después... después quiso matarme. Y lo peor, Yago, lo peor fue ver la cara de Mario en la cara de ese demonio. Me martiriza no haberme dado cuenta de que no era él... Pero se juntó todo. El dolor por la pérdida del bebé, la medicación que me nublaba la mente... me encerré en mi propia burbuja y no supe o no quise ver lo que ahora resulta tan evidente.

—Supongo que no ha sido fácil.

Zoe se detiene en el mirador y se apoya en la barandilla de madera con vistas al mar salpicado de barcas. Es una noche preciosa de luna creciente rodeada de estrellas. Zoe mira las estrellas. Yago la mira a ella. Hay mucho de lo que hablar, pero ahora no es necesario, porque es como si ya se lo hubieran dicho todo.

—Fui al cementerio. Visité la tumba de Mario, así es como he conseguido creérmelo, viendo su nombre inscrito en una lápida de mármol... —Zoe se detiene, le falta el aire al decir—: ... junto al de nuestra hija. Ese monstruo enterró a mi hija con su padre y hasta le puso el nombre que le gustaba a Mario: Miriam. Me despedí, y, al despedirme de Mario y de mi hija, no te lo vas a creer, pero sentí una caricia. Fue como un cosquilleo en la mejilla... y fue la despedida perfecta, Yago. Por eso estoy aquí. Para empezar de cero, aunque aún me quede mucho camino por delante para volver a ser cien por cien yo. Para darte las gracias por salvarme —añade con dulzura—. Por devolverme a la vida. Por hacerme ver que siempre hay algo por lo que merece la pena seguir. De momento, he alquilado una casa... es esa de ahí, la de la fachada de piedra. —Zoe señala el número 52 de la rúa Nova—. Me encanta tener vistas al mar. A este mar. Y... y poder estar cerca de ti, Yago.

—¿No conoces el dicho? —inquiere Yago, muy serio, dirigiendo la mirada al frente.

—¿Qué dicho?

—*En Ares non te pares, en Redes non te quedes e en Caamouco para pouco.*

¿Le está diciendo que no se quede en Redes? ¿Que se vaya? (A esta metedura de pata fruto de los nervios me refería antes...). Y es que a Yago aún no se le da muy bien gestionar lo que siente, pero tiempo al tiempo... Aprenderá.

—No tiene ningún sentido, Yago.

El policía se echa a reír.

—Es broma. Es un dicho horrible y no, no tiene ningún sentido. En realidad... —Yago se mueve un poco hacia la izquierda, lo suficiente para pegar su hombro al de Zoe. Gira despacio la cabeza, encontrándose con esos ojos color miel con motitas verdes que lo miran como si nunca quisieran perderlo de vista—... yo también quiero estar cerca de ti.

—Supongo que es verdad que siempre acabamos llegando a donde nos esperan, ¿no? —añade Zoe, aproximando su cara a la de Yago hasta rozar sus labios y notar su calor.

—Pues gracias por llegar. Aunque no lo supiera, llevaba mucho tiempo esperándote, Zoe.

Made in United States
Orlando, FL
17 November 2024

54013769R00138